L'ATTACHÉE

DU MÊME AUTEUR

Les Ruines de New York, Albin Michel, 1959.
La Conférence, Albin Michel, 1961.
Les Grilles, Albin Michel, 1963.
Nerval, Le Seuil, 1964.
Eluard, Le Seuil, 1966.
Le Village, Albin Michel, 1966.
La Vive, Le Seuil, 1968.
Les Deux Printemps, Le Seuil, 1971 ; coll. 10-18, UGE, 1978.
La Ligne 12, Le Seuil, 1973.
La Femme attentive, Le Seuil, 1974.
La Poétique du désir, Le Seuil, 1975.
Pour Gabrielle, Le Seuil, 1975 (introduction aux *Lettres de prison* de Gabrielle Russier).
La Fontaine obscure, Le Seuil, 1976 ; Livre de Poche, 1978.
La Rivière nue, Le Seuil, 1978.
Pratique de la littérature, Le Seuil, 1978.
Photo souvenir, Le Seuil, 1980.
L., Le Seuil, 1982.
L'Or et la Soie, Le Seuil, 1983 ; Actes Sud, Babel n° 21, 1990.
Un fantasme de Bella B. et autres récits, Actes Sud, 1983 (Goncourt de la nouvelle 1983).
Les Lunettes, Gallimard, 1984.
Cézanne, la vie, l'espace, Le Seuil, 1986.
La Lectrice, Actes Sud, 1986 ; Babel n° 575, 2003.
Transports, Actes Sud, 1988 ; J'ai lu, 1990.
Un portrait de Sade, Actes Sud, 1989 ; Babel n° 551, 2002.
Le Roi de l'ordure, Actes Sud, 1990 ; J'ai lu, 1991.
Mademoiselle Bovary, Actes Sud, 1991.
Les Perplexités du juge Douglas et autres nouvelles, Actes Sud, 1991.
L'Attachée, Actes Sud, 1993.
Cézanne et Lola se rencontrent, Actes Sud, 1994.
La Cafetière, Actes Sud, 1995 ; J'ai lu, 1996.
Le Dessus et le Dessous, ou l'Erotique de Mirabeau, Actes Sud, 1997.
La Leçon d'écriture, éditions de l'Aube, 1999.
Bel et Bulle, Autres temps, 1999.
Tutoiements, Arléa, 2000.
Vie de Paul Cézanne, Arléa, 2000.
René Char, La Renaissance du livre, 2001.
La terre est bleue, La Renaissance du livre, 2002.
Clotilde ou le Second Procès de Baudelaire, Actes Sud, 2002.
Le Livre et le Mot, Leméac/Actes Sud, 2004.

© ACTES SUD, 1993
ISBN 2-7427-6166-7

Illustration de couverture : *Portrait de Mehmet le Conquérant*,
miniature du XVe siècle, musée de Topkapi, Istanbul.

RAYMOND JEAN

L'ATTACHÉE

roman

BABEL

PREMIÈRE PARTIE

"Attachez vos ceintures." Le signal lumineux venait de s'allumer, annonçant des turbulences. Martine se sentait assez délicieusement turbulente à l'intérieur d'elle-même pour n'avoir pas besoin d'émotions extérieures. Elle approcha son visage du hublot. Le bleu du ciel. A peine quelques crêtes nuageuses dessinaient-elles une dentelle blanche dans le lointain : cela ressemblait en effet davantage à un travail d'aiguille sur l'horizon qu'à une accumulation orageuse. D'ailleurs rien ne bougeait. Pas le moindre tremblement. Pas la plus légère secousse. L'appareil continuait son vol, calme, étale.

Le voisin avait ajusté sa cravate et avalé sa salive, comme pour se préparer pourtant à toute éventualité. Il était corpulent et visiblement à l'étroit dans son siège, surtout depuis qu'il venait de remettre sa ceinture, mais elle ne le voyait que de profil. Curieuse de mieux distinguer sa physionomie, elle se pencha, lui faisant légèrement face, comme pour regarder quelque chose en direction du couloir. Il parut gêné de ce qu'il prenait peut-être pour de l'effronterie. Il rajusta cette fois non plus sa cravate, mais ses fines lunettes. Il avait l'air banal des hommes d'affaires qui voyagent par avion.

— Ça va tanguer ! dit-il pour dire quelque chose.

Martine, plutôt déçue de ce qu'elle avait observé, reprit sa position normale et mit à son tour sa ceinture par discipline. La fixant, elle fit remonter assez fortement sa jupe sur son collant noir et le voisin laissa descendre un involontaire regard oblique sur ses genoux. Sagement, mais sans grand succès, elle tira sur sa jupe. Puis détourna son regard vers le hublot. Toujours le ciel bleu. Toujours rien. Elle entendit l'autre toussoter, avaler de nouveau sa salive. L'hôtesse passa, vérifiant les boucles et distribuant un sourire. Quelques murmures de conversation se perdaient dans le bruit bas et régulier des réacteurs.

Il n'y eut finalement rien. Pas la plus légère secousse. Le signal lumineux s'effaça. Le voisin détacha son ceinturon en grommelant, montrant son mécontentement d'avoir été dérangé pour rien.

— Cela arrive…, dit Martine. Une fausse alerte.

Elle s'était déjà levée, souriante, pour demander le passage. Elle souhaitait se rendre aux toilettes. A peine s'était-elle engagée dans le couloir que les yeux cerclés de lunettes tombèrent sur le livre qu'elle avait laissé traîner sur son siège. Il lut avec surprise : *Epigrammes* de Martial. Cela lui disait vaguement quelque chose, mais il ne parvenait pas à trouver quoi. C'était comme un souvenir scolaire brumeux qui n'arrivait pas à prendre forme. Toutefois la couverture saumonée du livre lui fit penser qu'il s'agissait peut-être d'un ouvrage en latin. Cette jeune femme était-elle une érudite ? Elle n'en avait pourtant pas l'air, avec son sourire charmeur et cette allure un peu trop sexy qu'elle ne cherchait pas à dissimuler. Il repensa une fraction de seconde aux genoux moulés de noir. Puis revint au livre. Il l'entrouvrit d'un doigt discret. Il ne tomba pas sur du latin, mais sur le mot *catin*. Au bout d'un vers qui terminait la page, les termes crus d'une traduction française : "le cul de ta catin". Ce n'était pas grand-chose, mais ce fut suffisant pour qu'il refermât le livre avec vivacité. Avec perplexité aussi : curieuse lecture. Mais déjà elle revenait, reprenait sa place, demandant pardon pour s'installer. Elle s'empara tout de suite du livre et y plongea. Au bout d'un moment, elle s'arrêta, soupira et tourna de nouveau son regard vers le hublot. Le ciel demeurait toujours net. Les nuages n'étaient plus que de minces effilochures, de lointaines boucles de coton frisé. L'hôtesse offrit de petites serviettes humides. Martine s'en tamponna le front et les tempes puis s'assoupit, fraîche. Quand elle se réveilla, le Boeing courbait de l'aile et semblait même amorcer sa descente. Approchait-on ? Elle croyait voir très loin au-dessous d'elle comme les bosses jaunes, les ondulations sableuses d'un désert. Une illusion, un mirage peut-être.

Martine Martin, vingt-six ans, agrégée de lettres depuis deux ans, se rendait dans un pays du Proche-Orient où elle allait occuper un poste d'attachée culturelle auprès de l'ambassade de France. C'était bien avant la guerre du Golfe. Elle avait obtenu ce poste grâce aux excellentes relations d'un de ses oncles au ministère des Affaires étrangères, mais elle n'était pas sûre d'avoir fait, en l'acceptant, un choix absolument judicieux. Elle avait beaucoup hésité, s'était posé de nombreuses questions. Et finalement avait tranché. Pourquoi pas un peu d'aventure dans sa vie ? Les collégiens qu'elle avait eus en charge au cours de ses deux années d'exercice lui avaient paru sympathiques, mais décourageants. Avait-elle tant travaillé pour ce train-train pédagogique qu'une institutrice expérimentée aurait mieux assuré qu'elle ? Ne devait-elle pas montrer plus d'ambition et revenir à ses recherches, dans les temps de liberté que lui laisserait sûrement son nouveau poste ?

Elle revoyait Pierre Cas, son professeur à la faculté des lettres d'Aix, qui lui disait en plantant ses yeux ironiques dans les siens : "Tu es faite pour la recherche, mais pas n'importe quelle recherche, il faut que tu «trouves» ce que tu as à «chercher», à ta mesure… une très belle mesure." Il lui semblait, de fait, que ses mensurations ne déplaisaient pas à Cas, mais avec lui les choses s'enveloppaient toujours d'un peu de mystère ou d'inattendu.

Ce jour-là, il avait réuni les étudiants de son séminaire dans la salle de la bibliothèque qu'il aimait bien utiliser à cause de la grande table en demi-lune qu'elle offrait et il avait tenu devant son auditoire de douze fidèles ce langage surprenant : "Au moment de vous proposer des sujets de recherches pour cette année, une idée me vient. Nous sommes fatigués, vous et moi, de la théorie littéraire et de son langage clinique, cela a fait son temps, nous sommes fatigués aussi de cette habitude, où s'obstinent tant de mes collègues, de découper la littérature en siècles, ils attendent avec avidité le vingt et unième siècle pour se faire «vingt-et-uniémistes» après s'être faits «seiziémistes», «dix-septiémistes», «vingtiémistes», etc. et s'octroyer ainsi un nouveau territoire, vous voyez le ridicule, nous allons changer tout cela... Je vous propose, puisque nous travaillons dans cette singulière ville d'Aix-en-Provence, de prendre des Aixois célèbres par leurs écrits et de les étudier dans un esprit de transversalité... disons «transculturel», sans la moindre préoccupation, ai-je besoin de le dire, régionaliste... je parle de modernes, différents de ces notables du passé figés dans leur gloire locale (comme Peiresc, ah ! pouvoir préférer aujourd'hui Perec à Peiresc !) et si souvent célébrés jadis, je parle de Mirabeau, de Louise Colet, de Zola, de Germain Nouveau, de Cézanne dont les écrits ne sont pas négligeables, mais aussi de Sade même, Aixois à sa manière, puisqu'il a été brûlé en effigie sur la place des Prêcheurs, de Boyer d'Argens, auteur, figurez-vous, de *Thérèse philosophe*."

Il y avait eu comme un silence gêné dans le petit groupe. L'idée paraissait fort peu "scientifique" et assez éloignée de ce qu'on attendait dans un tel séminaire. Mais le professeur Cas avait enchaîné allégrement : "Le seul ennui est que tous ces auteurs ont une mauvaise réputation, ce qui est fâcheux pour une ville qui s'est toujours voulue si bourgeoise, et moralisatrice, mais c'est un fait… Mirabeau, si grand homme qu'il fût, a attaché son nom à la débauche et à la vénalité, Louise Colet, née aixoise, est vite devenue parisienne et a tiré sa renommée de ses amants plus que de ses romans, Zola n'était traité ni plus ni moins que de pot-à-merde par ses concitoyens bien pensants, Nouveau n'a laissé à Aix que le souvenir d'un mendiant équivoque qui tendait sa sébile à la porte de la cathédrale, Cézanne peignait jusqu'au délire des baigneuses nues convoquées au bord de l'Arc par une imagination en feu, quant à Sade, je vous épargne le moindre commentaire…"

Les douze, muets, se regardaient, se demandaient où il voulait en venir. On aurait dit que la table allait se mettre à tourner, ou à parler. Martine commençait à comprendre. Elle glissait un regard oblique, plutôt amusée, vers Cas qui venait d'allumer une cigarette en annonçant, conformément à son habitude, qu'il n'en tirerait que deux bouffées et l'éteindrait tout de suite, car il ne convenait pas de fumer dans les salles de classe, encore moins dans les bibliothèques. Il ajoutait aussitôt : "C'est précisément ce qui est intéressant… que ces auteurs, si profondément différents les uns des autres, aient en commun… comment dire ?… cette espèce de marginalité, de distance contestataire par rapport à leur société et aux mœurs qui les environnent... Je ne propose pas que vous fassiez de l'ethnologie sur cela, mais de la socio-culture, oui, et votre travail pourrait être tout à fait pluridisciplinaire. La question à creuser serait la suivante : comment, par les voies de l'écriture, des hommes et des femmes se définissent-ils comme les anti-modèles de leur collectivité d'origine, de leur «cité» d'origine ?..."

Il s'était arrêté, méditatif, comme s'il pensait pour lui tout seul. Martine avait envie de rire. Mais déjà, Blanche avait pris la parole, avec son incomparable accent québécois :

— Vous avez dit : des hommes et des femmes. Pourquoi pas : des femmes et des hommes ?

— En effet, pourquoi pas ? Ne commençons pas, Blanche.

— Je ferai observer que sur les exemples que vous avez donnés, il y a une femme pour cinq hommes...

— Ce n'est vraiment pas ma faute. Peut-être qu'en cherchant mieux... De toute façon, Blanche, si nous répartissons les auteurs, vous n'avez qu'à choisir Louise Colet, l'affaire est réglée, je suis d'accord si vos camarades le sont aussi, vous ne le regretterez pas, Louise est une grande figure oubliée. Vous la connaissez un peu, j'espère ?

— Non.

— Vous n'avez jamais lu les lettres que Flaubert lui a adressées ?

— Non, et je ne veux pas les lire.

— Et pourquoi ?

— C'est ce qu'elle a écrit elle-même qui m'intéresse, pas les lettres que lui a écrites Flaubert.

Martine ne put s'empêcher de dire :

— Elle a raison.

Pierre Cas parut un peu perplexe. Le groupe allait se révéler encore plus incommode que celui de l'année dernière. Il ferma les yeux un instant, puis dit :

— C'est vrai. J'ai d'ailleurs souligné moi-même qu'elle était oubliée. Elle a écrit des romans un peu douceâtres, mais qui sont très révélateurs des stéréotypes d'un certain postromantisme, et son chef-d'œuvre s'intitule *Lui*, c'est tout dire ! Il faudra les lire, Blanche.

— Je les lirai.

— Eh bien, vous voyez que nous sommes d'accord. A qui les autres auteurs ?

Curieusement, la répartition s'était faite. Philippe avait pris Zola, Woody Mirabeau, Blanche Louise Colet, Eduardo Cézanne, Claire Nouveau. Il ne restait plus que Sade.

— Je le prends, avait dit Martine. Boyer d'Argens aussi.

Avec un bel aplomb, le professeur Cas avait commenté :

— Cela ne nous étonne pas.

Il la connaissait bien, surtout depuis l'année précédente où elle avait déjà assisté à son séminaire. Il était en général assez direct avec elle et elle assez directe avec lui, mais là elle ne savait trop comment réagir. Heureusement, il avait très vite nuancé son propos de quelques avis :

— Comme chacun sait, c'est un sujet difficile, mais demain Sade sera dans la Pléiade et tout le monde se rassurera. Il faudrait trouver un angle d'approche conforme à…

— J'essaierai, avait coupé Martine.

En fait, à la fin du séminaire, elle était allée le trouver dans son bureau pour lui dire que, si Sade l'intéressait, elle avait un projet plus ambitieux encore : tenter un travail de synthèse sur toutes les écritures érotiques et même pornographiques, anciennes et modernes.

— Et pourquoi un tel projet ?

— Justement parce qu'il est vaste.

— Alors, pourquoi un tel besoin d'ampleur ?

— Parce que je pars. Il me faut des vivres, des munitions.

Regard interrogateur de Cas.

— Oui, je pars. Je change d'air. J'ai demandé un poste à l'étranger.

— Tu ne participeras plus au séminaire ?

— J'y reviendrai de temps en temps. Mais il me faut un grand sujet, de grandes perspectives, de la matière à brasser, des livres à emporter. De quoi travailler là-bas.

— Et où est-ce *là-bas* ?

— Un pays du Levant dont je ne dirai pas le nom.

Arrivée à l'aéroport, dès qu'elle eut accompli les formalités d'entrée et récupéré ses bagages, elle chercha du regard celui qui devait l'accueillir. C'était le premier conseiller de l'ambassade. Il cherchait lui aussi. Elle approchait, pressentant avec un flair sans défaut que ce monsieur élégant, bien cravaté, vêtu d'alpaga léger, était l'homme qui l'attendait, lorsqu'il aborda, lui, une femme à lunettes noires, de haute stature, la tête serrée dans un foulard de soie :

— Vous êtes bien Martine Martin ? lui dit-il.

La femme détourna la tête et ne répondit même pas.

— Non, c'est moi ! dit Martine. Vous êtes déçu ?

Le conseiller sentit une bouffée de rougeur lui monter au visage. Mais il se rattrapa vite :

— Excusez-moi, dit-il. Je me suis demandé si j'allais arborer un panneau, une pancarte, un badge ou je ne sais quel insigne de reconnaissance, j'ai pensé que c'était ridicule et que nous nous reconnaîtrions sûrement...

— Eh bien, dit Martine, c'est fait ! Nous nous sommes reconnus.

— Nous ne nous étions pourtant jamais rencontrés.

— Jamais, en effet. Du moins, je crois.

— Oh, vous savez, dans le monde diplomatique...

— C'est un monde auquel j'accède pour la première fois. Je suis très intimidée, vous savez. En tout cas, je vous remercie beaucoup, monsieur le conseiller, d'avoir pris la peine de venir m'accueillir.

Il la trouva plutôt gentille et sympathique. Avec quelque chose d'un peu bizarre pourtant.

— C'est tout à fait normal. Et c'est un plaisir pour moi.

Il proposa de mettre ses deux valises sur un chariot pour gagner sa voiture, murmurant entre ses dents : "Ne faites pas attention à la pagaïe qui règne ici, c'est l'Orient", et lui demandant si elle n'avait besoin de rien, si elle ne voulait pas changer de l'argent, ou boire un café et manger quelque chose, à quoi elle répondit qu'elle avait très bien mangé et très bien bu dans l'avion. Il l'entraîna en bousculant les gens.

Après l'avoir installée dans son auto américaine, il démarra de manière assez nerveuse, faisant observer que son chauffeur était indisponible ce jour-là et qu'il n'avait pas une vocation particulière à prendre le volant lui-même. Au bout d'un moment, il tira une cigarette (américaine elle aussi) d'un paquet, appuya sur l'allume-cigare automatique du tableau de bord, ouvrit le cendrier. Encore un fumeur ! pensa-t-elle. Il n'avait rien dit, demandé aucune permission. Après deux bouffées, il se mit à parler :

— C'est vraiment très précieux pour nous que vous arriviez. Pendant deux ans, nous n'avons pas eu d'attaché culturel. Je ne sais pourquoi. La fantaisie des organigrammes du ministère ! Il y a un besoin réel. Un très grand besoin. Vous aurez beaucoup à faire. La tâche ne sera pas facile, je vous avertis. Ce n'est pas seulement un pays arabe ici, c'est un pays anglophone. Vous voyez la situation... Vous parlez anglais ?

— Non.

— Pas du tout ?

— Non.

Il parut piqué du côté abrupt de sa réponse. Elle aurait pu moduler un peu.

— Eh bien, il vous faudra apprendre !

Il fit tomber un peu de cendre sur son veston, qu'il secoua d'un revers de main.

— Il faudra aussi...

Il s'interrompit comme s'il ne voulait pas continuer. Ou bien était-ce un virage qu'il venait de prendre un peu trop sec sur cette route rouge bordée de palmiers, qui serpentait entre des terres de broussaille brûlée, déserte, avec seulement un paysan sur un âne de temps en temps, trimbalant quelques cruches ?

— Non... je voulais dire... que vous êtes une femme et qu'il vous faudra être prudente. C'est très difficile d'être une femme ici, vous jugerez vous-même du poids de l'Islam...

— C'est difficile d'être une femme partout, dit Martine.

Il consentit à sourire, écrasant sa cigarette.

— Je ne plaisante pas. Le régime est théoriquement laïque. Mais vous verrez que dans la réalité les choses se présentent autrement. De toute façon, si vous connaissez les pays arabes...

— Je ne les connais pas.

— Non, mais je veux dire, si vous les avez visités…

— Je ne les ai jamais visités.

Il ne put s'empêcher de froncer le sourcil en donnant de nouveau un coup de volant nerveux.

— Vous ne connaissez rien, vous n'avez jamais rien vu alors ?

— Rien. Je débute dans la vie.

Il se demanda si elle se moquait de lui. Le soupçon lui donnait un drôle de pli entre le nez et la bouche, qu'il venait d'apercevoir dans son rétroviseur.

— Je sais bien que c'est votre premier poste. Ils nous l'ont dit par télex. J'espère que vous avez reçu une formation tout de même ?

— Un simple stage.

— Où ça ?

— A Avignon.

— Ah, c'est votre région, je crois ?

— C'était tout à fait indépendant de ma résidence. Un stage à Villeneuve-lès-Avignon, dans un endroit qui s'appelle la Chartreuse.

— Je vous vois très bien dans une chartreuse ! répliqua-t-il avant même d'avoir pu contrôler ce propos qu'il regretta sur-le-champ.

Elle sourit étrangement, les yeux perdus sur la vaste étendue boueuse, plantée çà et là d'épineux, qu'ils traversaient maintenant. Elle songeait au *Portier des Chartreux*, un livre essentiel de son corpus qu'elle pratiquait avec le plus vif plaisir. Le titre faillit lui venir au bord des lèvres. Puis elle pensa qu'il ne comprendrait pas de quoi il s'agissait, qu'il allait lui demander des explications et que, si elle les donnait, elle passerait pour pédante et serait embarquée avec lui dans une conversation grotesque sur un ouvrage ancien dont il n'avait probablement aucune idée. Elle se contenta de sourire *in petto*.

D'ailleurs il s'arrêtait, essayant de garer la voiture sur une sorte de terrain vague bordé de maisons basses en torchis où s'ouvraient des boutiques.

— Nous entrons dans la ville, dit-il, et je vais vous montrer quelque chose. Que vous ayez une petite idée de ce pays. Une courte visite. Si du moins vous n'êtes pas trop fatiguée par le voyage et le décalage horaire.

— Non, il n'est pas grand. Ça va.

— Il n'y a pas beaucoup de monuments dans cette ville. Pas beaucoup de vestiges des grands califats du passé. Mais, derrière ces baraques qui ne paient pas d'apparence, vous allez tout de même voir quelque chose de curieux. Les restes d'un palais royal des Abbassides ou des Hachémites, je ne sais plus. Ça vaut le coup d'œil, venez.

Il lui tendait la main, comme pour une excursion périlleuse. Elle la prit et se laissa conduire. Derrière les maisons, il y avait un jardin assez verdoyant fermé par un portique à colonnes entre lesquelles on apercevait un bassin entouré d'eucalyptus, des jets d'eau, une petite pelouse bien entretenue. Au fond, un mur en ruine, mais dont la haute découpe avait d'autant plus d'élégance que sur la pierre mate s'étalaient des plages ornées de fresques aux motifs effacés mais encore bien visibles. Un de ces motifs représentait un jeu d'échecs en vue plane, ce qui ne s'imposait pas au regard, mais que le conseiller se fit un empressement d'expliquer : cette petite circonférence crénelée, c'était le dessus d'une tour, en représentation aérienne si l'on pouvait dire, et cette courte brosse ondulée la crinière d'un cheval, quant à ces petites boules on y reconnaissait aisément les têtes des pions, celle-ci un peu plus grosse, c'était la reine, les tons étaient certes mêlés, confondus, mais on voyait bien que l'artiste avait prévu sur les cases de précises touches de jaune et de noir, comme dans les vrais jeux. Martine regardait avec curiosité, mais elle observait avec plus de curiosité encore une fresque voisine représentant des danseurs. Leurs jambes et leurs bras, d'un brun luisant sous la croûte de poussière durcie qui recouvrait la scène, sortaient de longues tuniques aux plis étonnamment dessinés. Sauf pour l'un d'eux qui était entièrement nu.

— Des danseurs et non des danseuses, dit le conseiller.

— En effet.

— Et vous voyez que, très curieusement, celui qui est dévêtu danse à cheval sur un bâton qu'il tient entre ses jambes.

Martine se pencha, regarda de près.

— Vous appelez ça un bâton ? C'est une érection.

— Quoi ?

— Une érection. Son sexe.

Le conseiller était tout à fait décontenancé. Depuis qu'il connaissait cette fresque et qu'il la montrait à des visiteurs, jamais cette interprétation ne lui était venue à l'esprit ni ne lui avait été signalée. Il se pencha, plutôt embarrassé, approcha son œil. Après tout, le dessin était assez confus, les couleurs assez estompées pour qu'il pût y avoir doute.

— Ah… oui… tiens… je ne sais pas… peut-être…, dit-il assez sottement.

— Il y a des motifs semblables, très dionysiaques, sur des mosaïques grecques, dit Martine avec beaucoup d'assurance.

— Oui, mais l'art arabe…

Elle voulut des précisions sur le siècle, les dates possibles, les thèmes, la technique. Elle avait sorti un petit carnet de son sac et prenait des notes comme si la découverte avait une réelle importance pour elle. Elle dessina même un rapide croquis.

— Peut-être IXe siècle… fin du VIIIe…, dit le conseiller, c'est tardif vous savez.

Il regarda sa montre, vit que l'heure avançait et l'invita à reprendre la route. Ils quittèrent les lieux en s'attardant tout de même un moment sur les potiers et les tisserands qui peuplaient les échoppes et essayaient de leur vendre leur marchandise, tandis que des groupes de gamins faisaient cercle autour d'eux.

— Je sens que ce pays va vous intéresser, dit-il en la faisant remonter dans la voiture.

Et il démarra en trombe.

Il proposa de la déposer d'abord à la villa qui lui était réservée et de l'emmener ensuite dîner chez lui où sa femme et quelques amis l'attendaient. La villa avait beaucoup d'allure. De construction moderne, mais dans un environnement agréable et avec un jardin qui rappelait un peu celui qu'ils avaient visité. Un bel aréca se dressait à l'entrée.

— C'est charmant, dit-elle. C'est pour moi ?

— Mais oui.

Elle était persuadée qu'elle coucherait à l'hôtel, au moins les premiers soirs. Elle n'imaginait pas en tout cas qu'on aurait retenu pour elle seule une si belle résidence. La vie de diplomate avait du bon. Et peut-être même la vie coloniale dont il restait ici d'évidents vestiges. Elle pensa en un éclair à son petit studio d'Aix et aussi à ses parents dans leur trois-pièces. Etait-elle en train de changer de monde ?

— Nous allons sortir vos bagages, dit le conseiller et puis vous pourrez vous reposer, faire un peu de toilette, vous changer, et je viendrai vous reprendre dans une heure. Ça vous va ?

Il avait déjà attrapé une des valises, lorsque se présenta un grand personnage au teint basané et aux yeux clairs, drapé dans une longue gandoura blanche.

— Ah, dit le conseiller, c'est Majid. Il est à votre service. Mais vous aurez du mal, il ne parle qu'arabe et anglais. Il habite dans le petit pavillon que vous voyez là-bas, sous les cistes. Vous aurez aussi une bonne qui viendra le matin, mais elle, elle est philippine et ne parle qu'espagnol.

Martine n'en revenait pas. Des domestiques ! Pour elle seule. Qu'allait-elle en faire ? Elle regardait avec un étonnement amusé le superbe intendant qui était chargé de prendre soin de sa personne et s'inclinait maintenant légèrement devant elle. (Elle disait à l'intérieur d'elle-même "intendant", n'osant accepter un terme comme serviteur, encore moins domestique qui lui était venu tout à l'heure spontanément à l'esprit, il paraissait beaucoup trop racé pour cela, et même raffiné avec ses prunelles transparentes, vaguement rieuses, en tout cas sa stature l'aurait plutôt désigné comme garde du corps, c'était cela, garde du corps, mais de quel corps ? le sien ? elle éprouva tout d'un coup comme un vertige marqué, proche du malaise, il était temps qu'elle se douche et efface les traces des secousses du voyage.)

Roger d'Andelot – c'était le nom du premier conseiller – prit congé et Martine entra dans la maison. La surprise fut encore plus grande. C'était vraiment très confortable, spacieux, élégamment meublé. Elle remarqua tout de suite des étagères qui attendaient des livres et pensa aux siens qui ne tarderaient sans doute pas à arriver ; elle les avait fait expédier par bateau. Elle pourrait les ranger là, les classer, les consulter à loisir. De toute façon, il y en avait quelques-uns que l'on avait laissés en place ou que, peut-être, on avait mis là spécialement pour elle. Elle en prit deux au hasard : une édition anglaise des *Mille et Une Nuits*, des *Voyages* de Pierre Loti. Bon, pourquoi pas ? A côté un gros volume : le Coran, en version française. Et la Bible, en français aussi. Bien. Il y avait également des disques, des magazines. La maison était vraiment prête à être habitée. Majid, sans un mot, mais avec des gestes précis, lui montra deux ou trois choses, notamment à la cuisine et à la salle de bains, avant de disparaître. Il y avait tout ce qu'il fallait, des fleurs dans un vase en signe d'accueil, de quoi boire frais, de quoi se laver et se parfumer.

Elle ne s'en priva pas. La douche lui parut merveilleuse, la savonnette mauve onctueuse, l'eau de toilette verte capiteuse. Elle passa une robe blanche, sortie bien dépliée de sa valise, mit son plus beau collier, regonfla légèrement sa chevelure brune et fut prête.

La villa du conseiller était, en comparaison de la sienne, somptueuse et elle en franchit le seuil avec un certain sentiment de gêne. Allait-elle être à la hauteur de cette soirée ? Roger d'Andelot l'introduisit lui-même, la conduisit vers les invités, non sans avoir pris le temps, pendant qu'elle traversait le vestibule, de faire un petit signe à sa femme qui descendait les dernières marches de l'escalier intérieur et de lui murmurer : "Très sympathique, tu verras… Un peu curieuse… Mais tout à fait sympathique." Après quoi, il fit les présentations.

— Mme d'Andelot, dit-il. Martine Martin, notre attachée culturelle, qui nous arrive enfin.

— Je suis tellement heureuse de vous accueillir, dit l'épouse du conseiller en serrant une main de Martine dans les deux siennes. Nous vous attendions avec impatience. Nous avions tellement besoin d'une personne comme vous.

— Merci madame, dit Martine d'une manière un peu courte.

Elle pensait qu'en d'autres temps et d'autres lieux elle aurait esquissé une petite révérence, si elle avait été bien éduquée. Elle se contenta de la faire mentalement. De toute façon, était-elle bien éduquée ? C'était un problème qu'elle n'avait jamais affronté et qui tout d'un coup se posait à elle d'une manière inattendue et perfide. Avait-elle eu raison d'accepter ce poste ? Etait-elle faite pour ces fonctions ? Pour cette vie mondaine qui paraissait l'attendre ? On verrait bien. Mais elle avait besoin de se rassurer. Le secours vint des regards de ceux qui attendaient là-bas dans le salon. Elle vit tout de suite en posant le pied dans la pièce qu'elle plaisait. C'était déjà cela. Ils s'étaient levés, verre en main, à son approche. Il y avait là une jeune femme blonde. C'est vers elle que l'hôtesse dirigea d'abord Martine :

— Voilà Lana, de la mission américaine. Vous ne tarderez pas à vous en faire une amie.

Serrement de main, échange de sourires. Elle continua la présentation.

— M. Serge Grimberg, le deuxième conseiller. Je crois savoir que c'est avec lui que vous aurez à travailler directement.

Nouveau serrement de main. Légère inclination du buste. L'homme paraissait avenant. Tout d'un coup, Martine se sentit mieux. En fait, elle n'avait pas le temps de sentir quoi que ce soit. Elle était happée dans un enroulement de gestes et d'attitudes qu'elle ne commandait plus. Elle était debout, répondant aux paroles vagues de ses interlocuteurs, ajustant son collier d'une main distraite, puis elle était dans un fauteuil étalant sa robe sur ses genoux rapprochés, ensuite toujours dans le même fauteuil, mais le buste plus droit et comme de profil, maintenant elle avait un verre dans la main, quoi boire ? un doigt de whisky peut-être, mais vraiment un doigt, avec des glaçons ? pourquoi pas ? combien de glaçons ? parfait, deux suffiraient, et déjà la chaleur de l'alcool lui montait aux tempes, elle se sentait rose et légère. Les conversations la traversaient. Bon voyage ? oui, excellent, sans problème ; la première fois ? oui, la première fois ; le climat ? pas tellement ; elle venait, disait-on, du sud de la France ? oui, la Provence, ah ! la si merveilleuse Provence ! mais les choses ont beaucoup changé, n'est-ce pas ? beaucoup changé, je me souviens du Festival d'Aix autrefois, mais vous êtes sans doute beaucoup trop jeune, oh ! pas si jeune, mais si, mais si, en tout cas vous avez bien fait de prendre le parti de voyager, l'enseignement a ses limites, vous êtes sûrement de mon avis, cela dit n'imaginez pas que la tâche sera facile…

— Vous n'allez tout de même pas l'accaparer comme cela ! dit Mme d'Andelot. Laissez-la respirer.

Martine, l'acuité visuelle légèrement démultipliée par le whisky, la regarda mieux. C'était une grande femme qui avait dû être belle, mais que les années et les mondanités avaient rendue un peu sèche et anguleuse. Elle était vêtue d'une robe noire, serrée à la taille par un ceinturon doré, dans le décolleté de laquelle apparaissait une petite croix scintillante tenue par une fine chaîne, qui se balançait au-dessus des verres dès qu'elle se penchait.

— Mon petit, dit-elle, nous allons passer à table, si vous le voulez bien.

A ce "mon petit", Martine sentit quelque chose se rétracter au creux de son estomac, mais elle maîtrisa sa réaction et l'on passa donc à table. Elle fut placée à côté du deuxième conseiller dont elle sut très vite, à quelques inflexions, qu'il était homosexuel, et en face de Lana qui lui ménageait des sourires découvrant une denture un peu excessive. Deux domestiques à l'allure extrême-orientale répondirent aux sollicitations de la maîtresse de maison et l'on vit successivement défiler sur la table un potage frais, une salade de crustacés, une viande rouge au curry, des fruits exotiques, des vins bien choisis, de la bière, de l'eau pétillante, des glaces.

Quand on se leva de table, Diane d'Andelot prit Martine par le bras et l'entraîna dans un coin.

— Ne faites pas attention à Lana, dit-elle, elle est extravagante comme toutes les Américaines, et même un peu exaspérante. J'ai dit tout à l'heure que vous vous feriez d'elle une amie. Mais c'est moi qui vais devenir votre amie. Je suis seule ici. Vous n'imaginez pas ce qu'est la solitude dans ces pays ! Pendant le repas, je vous ai réellement appréciée. Si, si, plus que vous ne croyez. J'ai l'œil, vous savez ! Et l'oreille ! Nous allons devenir une paire de copines. Pour commencer, je vais vous faire visiter la ville. Les musées, les œuvres d'art. Je connais ça par cœur. Et puis, les magasins décents, c'est l'essentiel pour vous. Après-demain, si vous voulez bien. Demain, vous allez chez l'ambassadeur. Mais après-demain, vous serez libre, en tout cas c'est moi qui en décide ainsi. Et je viens vous prendre à quatre heures. J'arrange tout, je m'occupe de tout. A quatre heures chez vous, mercredi. Je serai précise.

Les deux femmes rejoignirent les hommes qui papotaient, fumaient. Roger d'Andelot, qui pinçait entre ses lèvres un gros cigare, proposa une cigarette anglaise à Martine et lui offrit du feu avec un sourire encore plus allumé que son briquet. Lana fumait aussi.

— Le jour où on interdira le tabac, dit Mme d'Andelot, même dans les salons, quel progrès ! Si l'islam pouvait nous rendre ce service !

A la fin de la soirée, Serge Grimberg ramena Martine chez elle dans sa voiture. Ah, ces gens-là ! dit-il. Ouf ! Un peu d'air ! Vous verrez, la fraîcheur nocturne vous fera beaucoup de bien. Il se montra drôle, ironique, très plaisant, très décontracté. Ils marchèrent un moment sans parler autour de la villa. Ils auraient tout le temps le lendemain de parler travail. Il lui souhaita de bien dormir et la quitta avec un petit baiser sur le bout des doigts.

Le lendemain Martine alla se présenter à l'ambassadeur. C'était un homme distingué, un peu bougon. Il la fit asseoir en face de son bureau.

— On m'a dit beaucoup de bien de vous, commença-t-il. Vous êtes une brillante agrégée, vous poursuivez des études universitaires également brillantes. Tout cela est très bien. Mais tout cela ne vous servira à rien. Ici, on travaille sur le tas. Nos responsabilités sont lourdes et ingrates. Pratiquement, vous ferez de l'alphabétisation. J'exagère peut-être un peu, mais la diffusion du français est le cadet des soucis de ces régimes. Nous sommes dans une partie du monde où d'énormes affrontements se préparent. Je n'ai pas besoin de vous faire un dessin en ce qui concerne les intérêts pétroliers, les enjeux sont fabuleux. Les Américains sont prêts à tout. Alors…

— Je ferai de mon mieux, monsieur l'ambassadeur.

— Non, je ne dis pas cela pour vous décourager. Mais, potentiellement, nous sommes ici sur une poudrière. Tout peut exploser à tout moment. Je dois dire d'ailleurs que vous montrez du caractère en acceptant un poste comme celui-ci. Le terrorisme, les risques de conflit… On n'a pas dû tellement se réjouir autour de vous de vous voir partir pour le Proche-Orient, je veux dire votre famille, vos amis ?

— C'était le seul poste disponible, monsieur l'ambassadeur, le seul qu'on eût à me proposer.

Il apprécia cet "eût". Elle avait de l'aisance, de la correction. Il se leva, contourna son bureau, vint prendre place dans un fauteuil en face d'elle.

— Je n'ai pas voulu vous effrayer en parlant de poudrière. Mais les autres aussi sont prêts à tout. L'Irak et l'Iran se sont fait une guerre sanglante pendant huit ans, mais demain ils vont peut-être se rapprocher, s'entendre. Alors, vous verrez le déferlement islamique. Tenez, regardez, chez nos voisins, le président Saddam…

Il prit sur son bureau une grande photo de presse glissée dans un classeur.

— Regardez bien. Regardez ce visage. Apparemment, rien que de rassurant. Il porte beau, comme on disait dans ma famille. Oui, ma mère disait cela de son père, en montrant son portrait qui trônait au mur dans un cadre doré, qu'il "portait beau"… très bien, l'œil vif, les traits fermes et harmonieux… mais regardez la moustache…

Il prit sur son bureau une règle centimétrée, mesura l'épaisseur de la moustache, fit un rapide calcul mental :

— Ça doit faire trois centimètres dans la réalité. Eh bien, si vous comparez à Hitler et à Staline, on est dans la bonne moyenne ! Cette moustache-là est très préoccupante, très.

Il fronçait le sourcil d'un air vraiment soucieux.

— Je ne donne pas longtemps pour que quelque chose de grave se produise. Il faut voir les faits tels qu'ils sont. Ce n'est pas par pessimisme que je dis cela et encore moins pour entamer vos illusions.

Il rapprocha son fauteuil du sien.

— Sur quoi poursuivez-vous vos études et vos recherches ?

Elle marqua une très nette hésitation, puis dit :

— Sur... le XVIIIe siècle, monsieur l'ambassadeur.

— C'est parfait. Le siècle de Montesquieu, de Voltaire et de Rousseau. Le siècle des philosophes. C'est exactement de cela qu'on a besoin ici. Une bonne injection de Raison. Eh bien, puisque vous travaillez sur le siècle de la Raison, vous allez, j'en suis sûr, nous être du plus précieux appui. Il faut que vous appreniez à tous ceux qui veulent faire du français ici comment penser droit et juste, contre tous les fanatismes. Assez de ces pulsions irrationnelles qui traversent les masses et nous conduisent aux pires périls ! Assez de ces intégrismes, qu'ils soient de droite ou de gauche, qu'ils soient arabes ou chrétiens !

Il rapprocha encore un peu le fauteuil...

— J'ajoute que vous êtes charmante.

— Merci, monsieur l'ambassadeur.

— C'est le siècle de Restif, de Laclos et de Sade, dit Grimberg. De mon temps, on les désignait dans un livre scolaire, le manuel de littérature que j'utilisais en première, comme "le trio honteux". Assez drôle à y réfléchir, le trio honteux ! D'abord on aurait pu ajouter Crébillon, et ça aurait fait un quatuor, ce qui était plus musical. Avec Nerciat même, un quintette. Et puis, honteux ! Qui était honteux, en fait ? L'auteur du manuel ? L'élève qui était supposé le lire ? Sûrement pas les trois compères, en tout cas. En tout cas, tu as bien fait de choisir ce siècle !

Il lui avait proposé très vite d'user du tutoiement et elle avait accepté. Elle le trouvait ouvert, sympathique, attendrissant par moments avec sa voix légèrement flûtée. En tout cas, il ne parlait pas que bureau, calendrier et programmes. Il lui donnait le temps de se retourner et semblait ne pas oublier que, hier encore, elle était enseignante et, avant-hier, étudiante. Il avait en outre de la culture et montrait un réel intérêt pour ses travaux.

— Je dis en général : le XVIIIe siècle pour simplifier, et parce que c'est mon point de départ. Mais en réalité, j'ai entrepris une réflexion sur l'écriture érotique dans son ensemble et dans toute son ampleur. Mon maître est d'accord.

Le conseiller avait entendu parler de Pierre Cas et avait lu un essai de lui, politique plutôt qu'érotique. Il gardait le souvenir d'un esprit libre et clair. Il pensait donc que Martine était dans de bonnes mains.

— Je ne suis pas dans ses mains. Peut-être un peu dans sa tête. Et encore, ce n'est pas sûr. Il a tant d'étudiants. D'étudiantes surtout. Il tourne les pages de la vie et du souvenir très vite. Et des livres plus encore. Il part, à toute allure, dans toutes les directions. L'année dernière, il a eu l'idée saugrenue de distribuer à ses étudiants des sujets d'études sur des figures d'Aix-en-Provence. Avec une arrière-pensée "transculturelle", a-t-il dit. Surprenant, n'est-ce pas ?

— Surprenant, en effet.

— Je lui ai dit que je ne marchais pas et que je voulais un vrai sujet. C'est de là qu'est venu ce vaste projet sur les écritures érotiques. Un pari. Un défi. Qui me met en situation de traîner avec moi une bibliothèque. En fait, je devrais abandonner tout cela. Je n'aurai sûrement pas le temps de travailler ici. Mais je n'ai pas voulu couper trop radicalement avec ma vie universitaire. Etudiante impénitente !

— Je crains en effet que tu n'aies pas beaucoup de loisir ici. Si c'est cela que tu as pensé, tu as sans doute fait un mauvais choix.

— Tu ne pourrais pas m'aménager des horaires ?

— Non, je ne peux pas. Avec moi, on travaille à plein temps.

Elle se demanda s'il plaisantait ou non. Mais il avait l'air très sérieux. Sans paraître le moins du monde protocolaire ni diplomatique. Avec ses cheveux blonds, sa chemise ouverte, il ressemblait à un joueur de tennis. Mais un joueur très stylé. Son front était un peu ridé, montrant une préoccupation. Elle avait dû le contrarier en parlant d'aménagement des tâches. Elle avait à faire son nouveau métier, un point c'était tout. Elle gaffait toujours, même avec ceux qui étaient les mieux disposés à son égard. Elle serait bien inspirée désormais de prendre le parti de ne plus parler de ces histoires de recherche, de thèses, de livres.

Pourtant, les livres étaient là. Il fallait bien les "assumer" maintenant. Ils venaient d'arriver le matin même, par les messageries maritimes. Les cartons encombraient la pièce. Il y en avait une bonne dizaine… Empilés sur le sol, posés sur la table, sur le divan.

— Je sais ce que sont les déménagements, dit Serge Grimberg. J'en ai fait sept dans ma vie, au rythme des changements de poste, et certains dans des pays très lointains, l'Asie, l'Amérique latine… Mais je n'emportais pas tant de livres. Tu sais, il existe des bibliothèques publiques !

— Pas pour *ces livres-là*. On ne les trouve que dans les enfers.

Il éclata de rire.

— Je vois. Tu voyages avec ton petit enfer personnel.

— C'est ça.

— Et qui va déballer ? Tu veux que je t'aide ?

— Non. Majid va s'occuper de ces cartons. Il est très efficace et il comprend très vite. Hier il a été merveilleux pour le rangement de mes affaires, les vêtements, la vaisselle…

— Tu apportes aussi de la vaisselle ?

— Non, je veux dire les rangements de la maison. Mais il a surtout été très délicat pour pendre mes robes.

— Et tu crois qu'il peut aussi classer des livres ?

— Il ne va pas les classer. Il va simplement les mettre là, sur les étagères. Il fera cela très bien.

Elle l'appela et lui donna quelques indications, qui prenaient la forme de mimiques, de gestes, accompagnés de mots anglais très sommaires comme *books, boxes…* Elle avait d'ailleurs éventré un carton devant lui avec un grand couteau de cuisine, pour lui montrer de quoi il s'agissait. Il avait tout de suite compris. Il sortait déjà les livres, s'émerveillant des couvertures bleues, bistre, grenat, saumon, des fines hachures qui décoraient le dos de certains, des gravures qui ornaient les autres, des minces pellicules de plastique qui protégeaient les plus précieux. Il traitait ces volumes avec beaucoup d'attention et de soin.

— Heureusement, dit Martine en riant, il ne sait pas lire. Le français du moins.

— Mais il sait regarder.

— Les images sont rares.

Majid, en tout cas, paraissait ravi de la tâche qui lui était confiée. Cela devait avoir à ses yeux quelque chose de plus noble que les travaux qui lui revenaient habituellement. La jeune dame lui faisait confiance. Ses yeux brillaient d'une douce lumière translucide et son beau corps athlétique, bien pris dans la chemise et le jean qu'il portait aujourd'hui, exécutait avec une lente souplesse les mouvements qu'appelaient la manipulation méthodique des cartons et l'installation des livres sur les rayonnages.

Serge regarda sa montre :

— Il est temps que nous allions au bureau, dit-il. J'ai vraiment beaucoup de choses à t'expliquer, de dossiers à te confier. Il est grand temps. Surtout si tu réserves l'après-midi à Mme la première conseillère.

— Elle doit venir me prendre à quatre heures, ici.

— J'espère pouvoir te libérer. Pas sûr.

— Merci, monsieur le deuxième conseiller.

En fait, à quatre heures, Martine était toujours au bureau. Mais elle avait pris la précaution de faire savoir à sa visiteuse, par un coup de téléphone, qu'elle serait retardée. Ce n'est pas grave, avait dit celle-ci, je vous attendrai tranquillement chez vous. Donc, Mme d'Andelot arriva chez Martine peu après l'heure dite et Majid se mit en devoir de lui offrir une boisson à l'orange pour la faire patienter. Après quoi, il reprit son travail : le rangement des livres.

— Que de bouquins ! dit-elle. Ils appartiennent tous à mademoiselle ? (Elle reprit aussitôt en anglais, traduisant mademoiselle par *the young lady*.)

Majid fit un signe affirmatif de la tête. Les cartons se vidaient peu à peu, se dispersant maintenant comme des boîtes vides à travers la pièce, tandis que les rayons se garnissaient. Le soin que Majid paraissait apporter à sa besogne avait quelque chose de touchant.

— Ah, ces déménagements ! soupira Diane d'Andelot.

Elle se leva, son verre de jus d'orange à la main, regarda les titres. Le premier sur lequel elle tomba fut les *Onze mille verges* d'Apollinaire. Elle ne put réprimer un hoquet de désagrément, mais, saisie par la curiosité, prit le livre sur l'étagère où il venait d'être placé et l'ouvrit. Hélas ! elle rencontra, sans préavis, un passage où il était question des dérèglements lubriques d'une fille appelée Culculine !

Elle balança entre la tentation de poursuivre la lecture et le violent malaise qui la poussait à refermer l'ouvrage, horrifiée. Elle finit par le refermer en effet et le ranger, puis en prit un autre au hasard. C'était *le Château de Cène* de Bernard Noël. Le mot *cène* évoquait pour elle un thème chrétien et le signe de la nativité du Christ inscrit dans le nom même de l'auteur lui paraissait rassurant. Elle tomba de haut quand ses yeux descendirent sur un texte effrayant qui évoquait, avec une terrible crudité d'expression, des ruts de nègres et de chiens.

Sa vue se troublait, ses mains tremblaient sur le livre, elle dut s'asseoir pour prévenir une vraie syncope qui la menaçait. Majid s'était arrêté dans ses gestes et regardait avec inquiétude cette dame qui, réellement, ne paraissait pas à son aise, à l'égard de laquelle il aurait eu de surcroît une certaine réprobation à manifester pour la façon un peu désinvolte qu'elle avait de mettre la main sur les livres dont on lui avait confié le soin. Pis, d'y mettre le nez, ce qui semblait lui valoir des déconvenues. Mais il savait que c'était une dame importante de l'ambassade et il ne pouvait rien dire.

Diane d'Andelot avait abandonné l'infernal ouvrage et debout devant la bibliothèque qui s'édifiait, les jambes chancelantes, s'apprêtait à en saisir un troisième. Son choix se porta sur un petit livre dont la couverture blanche encadrée de bleu indiquait, à ce qu'elle croyait savoir, une qualité littéraire supérieure et indiscutable. C'était d'ailleurs un récit de Marguerite Duras. Il s'intitulait *l'Homme assis dans le couloir*. Elle le prit, se rassit, nettement plus détendue. Le passage qui tomba sous ses yeux décrivait une fellation avec une redoutable abondance optique de détails. Elle crut cette fois ne pas éviter l'évanouissement. Majid, la voyant si pâle, proposa une autre boisson, chaude peut-être, ou un peu d'eau fraîche simplement. Elle repoussa son offre d'un geste du bras, sortit de son sac un mouchoir pour éponger ses tempes qu'une sueur sournoise commençait à recouvrir, demanda au domestique de brancher un ventilateur, s'il le pouvait, se leva, marcha de manière incohérente à travers la pièce, envoya un coup de pied dans deux cartons vides, pinça entre deux doigts la petite croix qui pendait sur sa poitrine, revint vers l'étagère principale, se demanda si elle allait prendre encore un livre, se décida, tira une édition très raffinée des *Sonnets luxurieux* de l'Arétin, dont les illustrations, de Vincent Corpet, lui semblèrent sur le moment d'une belle et élégante stylisation, mais qui, confrontées aux textes dont elle lut des bribes, lui apparurent de nouveau comme un sommet de stupre. Affolée, blanche, défaite, totalement désemparée, il ne lui manquait, pour être achevée sans merci, que de tomber sur l'œuvre complète de Sade dont quelques volumes avaient glissé par terre d'un carton non encore déballé.

Elle eut alors le sentiment d'être tombée dans un incroyable piège, d'avoir été attirée dans un guet-apens, d'être en tout cas chez une authentique malade, une indéniable démente, probablement dangereuse, à en juger par l'obstination, la persévérance dont témoignaient ses lectures, qu'elle avait eu la faiblesse et l'innocence de prendre pour une jeune femme bien élevée. Elle se rassit accablée, incapable de maîtriser les tremblements qui secouaient tout son corps.

Quand Martine arriva, elle essaya de changer de visage et d'effacer les traces de l'émotion qui l'agitait. Mais elle y parvint mal et ne put dissimuler que quelque chose la tourmentait. Un accès de grippe tropicale, dit-elle, qui venait de se déclarer. Elle y était sujette, depuis que son mari avait été en poste en Afrique. Cela l'attaquait simultanément au foie et derrière la nuque. N'était-elle pas jaune et fébrile d'apparence ? Oui, sûrement. Elle était désolée de donner ce spectacle de femme mal fichue, mais c'était ainsi. Dommage : elle se faisait un plaisir de cette sortie dans la ville. Il faudrait abréger. Martine sentit très vite que Mme d'Andelot n'était plus la même. Non seulement l'apparence, mais le ton avait changé. Elle, l'autre jour si volubile, était devenue comme sèche et pincée. Sans doute cela était-il à mettre sur le compte des humeurs de l'âge. Ou peut-être avait-elle réellement son accès de fièvre. En partant, elle montra du doigt Majid qui finissait de vider les cartons et dit :

— Vous avez là un excellent auxiliaire, mademoiselle.

Martine n'en crut pas ses oreilles. "Mademoiselle" et non plus son prénom ! Encore moins "mon petit". Après les effusions de l'avant-veille !

La visite de la ville fut effectivement abrégée. Elle se ramena à une marche assez rapide autour d'une mosquée et d'un mausolée qu'il fallait absolument connaître, dit Mme d'Andelot, en raison des admirables carreaux de faïence qui en ornaient les murs et dont les coloris étaient d'un grand raffinement, mais pour aujourd'hui, on se contenterait de l'extérieur ; les pelouses fleuries qui entouraient ces monuments, plantées d'arbustes régulièrement espacés, étaient très belles, vrai tour de force pour un pays aussi sec, c'était un plaisir, une vraie détente de les fouler. Les deux femmes se rendirent ensuite dans un musée, dit du Talisman, où la première conseillère fit découvrir au pas de course à

Martine des galeries où l'on voyait des tigres, des lions, des guépards sculptés dans la pierre, des bijoux ciselés évoquant de grands sultans du passé, des vestiges rappelant des invasions mongoles, une superbe collection de briques estampées. Après quoi, la course reprit dans une sorte de souk où des artisans exposaient les produits de leur travail, en particulier des tapis d'une grande richesse de motifs.

— Je n'en peux plus, dit Diane d'Andelot, le reste de la ville, les magasins dont je vous avais parlé, ce sera pour une autre fois.

Visiblement, elle avait envie d'en finir. Elle ne pouvait pourtant pas mettre décemment fin à la visite sans offrir un petit thé, une quelconque boisson. Une terrasse assez accueillante sur le bord d'une grande pièce d'eau où flottaient des nénuphars et où nageaient des poissons bleus fut le prétexte d'une halte : le thé à la menthe siffla dans les verres décorés. Martine le but avec plaisir, comme elle vit avec plaisir tout ce qui lui avait été montré. Mais cette impression de hâte, d'énervement que lui donnait son accompagnatrice l'inquiétait. Elle s'efforça de la chasser de son esprit pour ne plus penser qu'à ses découvertes. Elle abordait un univers nouveau, elle entrevoyait des civilisations et des sociétés que sa formation ne l'avait guère préparée à connaître, elle ouvrait les yeux à la fois sur le passé et sur le présent de ce monde où on l'avait projetée, qui était peut-être un monde de tension et de conflit, mais aussi un monde marqué par la paix profonde d'une sagesse et d'un art millénaires, présents partout pour qui refusait d'y être aveugle.

— Et puis il y a le désert, dit tout d'un coup Mme d'Andelot en se prenant la tête dans les mains comme pour soulager une forte migraine, surtout le désert. Ne manquez pas le désert.

En rentrant chez elle, Diane d'Andelot se mit pres-que aussitôt au lit. Elle demanda un tranquillisant et un somnifère, ne prit qu'un très léger repas, apporté sur un plateau d'osier par sa domestique asiatique, et attendit son mari qui ne devait rentrer que tard d'une journée particulièrement chargée. Elle lui annonça d'emblée qu'elle était saisie d'un violent malaise dû à des contrariétés de l'après-midi. Le conseiller pensa que la rencontre avec Martine s'était mal passée, ce qui ne le surprenait qu'à demi.

— C'est pis que cela, dit-elle. Bien pis. Cette fille est une psychopathe de grande dimension. Tu ne peux pas imaginer ce que j'ai découvert chez elle.

— Quoi ?

— Des livres.

— Oui, eh bien... des livres ?

— Tu ne peux pas supposer ce que sont ses lec-tures !

Il restait plutôt pantois, interloqué.

— Tu as inspecté ses livres ?

— Oh, je t'en prie, je n'ai rien inspecté du tout. Le hasard, simplement le hasard. Pendant que j'attendais mademoiselle. Qui s'est fait désirer d'ailleurs. Si je peux employer ce terme à son égard, s'il n'est pas déplacé. Mais il m'étonnerait qu'il fût déplacé, concernant notre sainte nitouche.

Elle faillit renverser son plateau d'agacement.

— Bon, alors, quoi ?

— Quoi ? Va voir. Va te rendre compte. Une accumulation d'horreurs, un monceau d'abominations. Tout ce qu'on peut imaginer de pis.

Il haussa les épaules.

— Tu ne vas tout de même pas faire une histoire pour quelques bouquins.

Elle se redressa violemment, cala un oreiller dans son dos.

— Il appelle ça quelques bouquins ! Une collection de pornographie ! Des preuves indubitables de la perversion de cette personne qu'on nous envoie pour diffuser la culture française ! Une redoutable cinglée !

— Diane, surveille tes mots ! Tu dépasses la mesure !

Au fond de lui il n'était pas exempt d'un certain doute et, recoupant les propos de sa femme avec quelques-unes de ses impressions du premier jour, il se posait des questions obscures, difficiles à formuler.

— Chacun peut avoir les lectures qu'il veut, dit-il.

— En effet, à condition qu'il y ait un minimum… comment dire ?… d'assortiment, de variété… Mais là, uniquement des saletés de ce genre… je te jure, j'ai feuilleté au hasard… eh bien, chaque fois…

c'est à n'y pas croire… Sois-en sûr… elle ne fait pas dans la dentelle…

— Il s'agit peut-être d'une enquête, d'une recherche. Tu sais bien que…

— Je ne sais rien du tout. Je constate.

Elle avait rejeté le petit plateau sur le côté du lit, manifestant un écœurement qui semblait lui couper tout appétit.

— De toute façon, cela ne nous regarde pas.

On aurait dit qu'elle n'entendait plus rien. Les yeux perdus au plafond, elle se laissait aller à son désarroi intérieur.

— Je croyais qu'Apollinaire était un poète !

— …

— Je croyais que Marguerite Duras était une de nos romancières estimables !

— …

— Je ne pouvais pas imaginer que l'on écrivait de pareilles choses.

— Diane, tu es quand même d'une naïveté…

Elle se redressa de nouveau, furieuse.

— Naïveté ! Mlle Martin n'est pas naïve, elle, sans doute. Elle est sûrement très expérimentée. Elle va faire des ravages ici, avec ses méthodes. On peut s'attendre à un très grand succès. Vous l'avez vraiment bien choisie !

— Tu sais parfaitement que je ne suis pour rien dans ce choix.

— Tu n'y es pour rien, mais il va falloir subir. En tout cas, faire avec. Et le résultat sera beau.

— Je t'ai dit que tout cela ne nous concernait pas. Chacun est libre de sa vie personnelle.

— Vie personnelle ! Là, je tombe des nues. Des livres qui s'étalent sur des rayons, qui vont peut-être circuler de main en main, qu'on va retrouver un de ces quatre matins, si l'on n'y prend garde, dans la bibliothèque de notre centre ou de notre consulat, que les petits musulmans qui déchiffrent le français vont lire… et où les enseignants que nous prétendons former découvriront sans doute les subtilités de notre langue ! Je croyais que l'irresponsabilité pouvait avoir des limites !

Elle s'épongeait le front avec un grand mouchoir.

— Cette migraine, disait-elle, cette migraine qui me tient !

Il proposa d'appeler le médecin de l'ambassade, mais elle refusa, disant qu'aucune médecine au monde ne la soulagerait du poids qui l'oppressait.

— Franchement, dit-il, tu as besoin de te mettre dans ces états, pour une histoire idiote ?

— Une histoire idiote qui va nous coûter cher. Je croyais tout de même que la diplomatie avait ses règles. Et son honneur. Nous sommes dans un pays, ce n'est pas moi qui vais te l'apprendre, où deux civilisations s'affrontent. Celle de l'Islam n'a pas de mots assez durs pour stigmatiser les dépravations de l'Occident. On voudrait donner des arguments à tous les mollahs de cette partie du monde, à tous les fanatiques qui augmentent leur pression tous les jours, comme vous le savez très bien, vous, messieurs les conseillers en poste, qu'on ne s'y prendrait pas mieux. Ils ont condamné à mort Salman Rushdie pour moins que ça ! Vous vous préparez de beaux jours !

49

— Je crois vraiment que tu exagères un peu, Diane.

Il paraissait néanmoins assez préoccupé. Elle chercha son regard, parut se calmer.

— Ecoute-moi bien, dit-elle. La fièvre m'a peut-être fait un peu délirer. Je ne veux pas la mort de cette pauvre fille. C'est une malheureuse, un point c'est tout, et je la plains. J'ai entendu dire que les obsessions de ce genre étaient tenaces… Sans doute son cas relève-t-il d'un traitement médical, mais je ne suis pas infirmière ni psychanalyste… Vous vous débrouillerez pour la soigner.

— L'important est qu'elle fasse bien son métier. Qu'elle remplisse sa mission.

— Une pornographe !

— Quoi !

— Ce n'est pas le mot ?

Il se mit à rire.

— Ce n'est pas elle qui écrit les livres dont tu parles, tout de même. Et d'abord tu n'avais pas à les toucher, encore moins à les ouvrir.

— Très bien. C'est moi qui suis en faute. Je les ai touchés.

Elle secouait une de ses mains d'un air dégoûté. Il lui semblait pourtant qu'elle était moins crispée, que la conversation allait pouvoir prendre une tournure plus humaine.

— Vous avez tout de même fait, j'espère, la visite de la ville toutes les deux. Et vous êtes devenues amies.

Il avait trop présumé de l'évolution de son état d'âme. Elle bondit hors du lit, son pyjama dégrafé.

— Moi, amie d'une érotomane !

Le terme parut excessif au conseiller. Il était en tout cas inattendu dans la bouche de sa femme. Il éprouva, à l'entendre, une surprise mêlée d'un vague trouble.

Au fil des semaines, Martine fit en fait la démonstration de ses capacités à assumer de la manière la plus efficace les fonctions qu'on lui avait confiées. Non seulement elle semblait bien s'adapter au pays, mais elle nouait avec ses divers partenaires de travail des relations excellentes, par son naturel, sa simplicité, son éloignement de toute espèce de pose, son absence évidente de déformation professionnelle, qui s'expliquait par sa condition de débutante mais aussi par sa volonté de ne pas se définir aux yeux de ses interlocuteurs en termes officiels. Dans ses rapports avec les enseignants arabes en particulier qui fréquentaient le centre culturel français, elle voulait apparaître comme leur collègue, une enseignante parmi les autres. Et cela était encore plus marqué avec les enseignants, les coopérants français. De plus, elle prenait des initiatives culturelles, grâce sans doute à ses bonnes relations avec certains bureaux du ministère, facilitées par son oncle, organisant par exemple une exposition de collagistes modernes, des rétrospectives de films d'Eric Rohmer ou de Michel Deville, qui s'annonçaient comme autant d'événements originaux dans cette ville où les milieux européens n'avaient guère pour habitude que de parler de banques, d'affaires ou de pétrole.

Comme elle faisait tout cela avec entrain, elle était évidemment suspecte à certains. Serge Grimberg le lui avait dit : Méfie-toi de l'entrain, c'est une qualité à double tranchant ; comme son nom l'indique, il "entraîne", mais il entraîne où ? Certaines gens ne le supportent pas et seront toujours prêts à te le faire payer très cher. Il évoquait – avec beaucoup de discrétion – son propre cas, disant que l'enjouement qui lui était habituel ne plaisait pas à tout le monde et qu'on l'aurait voulu, notamment dans les milieux diplomatiques, un peu moins gai. Martine entendait "gay" et comprenait à demi-mot ce qu'il voulait dire. Elle remarquait en tout cas que sa vie privée ne s'affichait en aucune manière et que si on le voyait assez souvent en compagnie du petit Tom, le chiffreur de l'ambassade britannique, cela ne regardait que lui. D'ailleurs, il lui consacrait plus de temps maintenant, à elle, qu'à Tom et c'était très positif. Elle voyait là un signe de solidarité. Elle aussi se sentait solidaire de sa liberté. Mais leur amitié était un îlot, autour duquel inévitablement circulait la malveillance, et Martine sous-estimait la rumeur qui enveloppait peu à peu sa personne, pratiquement depuis le jour de son arrivée, depuis le jour surtout de la visite de Diane d'Andelot et de ce qu'on pouvait appeler l'affaire des livres, bien qu'elle n'eût pas la moindre conscience d'une "affaire" quelconque, en raison même de son absence de prévention, de ce naturel qui gouvernait ses conduites et qui donnait parfois à son comportement le charme de l'aveuglement volontaire.

A quoi s'ajoutaient de réelles imprudences. Par exemple, elle n'avait pas mis longtemps à se retrouver dans les bras de Majid. Elle ne s'en étonnait pas vraiment. Il était beau, quasi muet et ses prunelles avaient un attrait irrésistible. Un soir, sans rien dire, alors qu'elle venait d'éteindre la télé et de vider une tasse de café, il l'avait prise dans ses bras, l'avait étreinte, puis – comme on ferait d'une femme épuisée, et il paraissait juger en effet à l'intérieur de lui-même que ses journées de travail étaient beaucoup trop chargées et accablantes, en outre il constatait qu'elle se levait tôt le matin pour lire et écrire – il l'avait soulevée de terre et emportée dans sa chambre, où d'ordinaire il ne pénétrait jamais. Là il l'avait dévêtue lentement, puis l'avait non moins lentement massée, sur tout le corps. Elle s'était abandonnée à ses mains. Après quoi il s'était déshabillé à son tour et lui avait fait l'amour sans dire un mot. Elle s'était retrouvée recouverte de ce grand corps brun sans même comprendre ce qui lui arrivait.

Hélas ! le temps des questions et des craintes était aussitôt venu ! Mais elle ne regrettait rien. Cela avait eu lieu comme cela devait avoir lieu. Et Majid, dans sa superbe gandoura blanche, n'avait pas tardé à reprendre sa distance majestueuse et déférente. Martine s'était dit qu'elle serait vigilante, au moins sur le plan de la santé et de l'hygiène (tout en ayant du mal à s'empêcher de penser que l'étreinte de Majid représentait une forme d'"hygiène" supérieure), mais que, pour le reste, personne n'avait à connaître quoi que ce soit de ce qui pouvait bien se passer dans l'intimité de sa villa. C'était compter sans Norfa, la servante philippine, qui certes ne venait que le matin, mais qui explorait tout, regardait tout, flairait tout, sentait tout.

Un jour, le premier conseiller convoqua la nouvelle attachée.

— Mademoiselle Martin, lui dit-il, je ne saurais trop vous engager à la prudence. Sur tous les plans. Vraiment sur tous les plans.

Elle l'observait sans comprendre. Il paraissait embarrassé et ne la dévisageait pas. Il avait pris un coupe-papier de métal ciselé dont il tapotait nerveusement son bureau. Comme il voyait qu'elle regardait l'objet avec curiosité, il déclara :

— Cela imite un cimeterre afghan. Il ne coupe pas seulement le papier, il tranche vraiment.

Il voulut faire la démonstration et s'entama légèrement un doigt, qui se mit à saigner. Il le suça, comme aurait fait un enfant, ce qui rendit son expression encore plus penaude. Il paraissait réellement contrarié.

— Oui, la prudence s'impose. Et même la vigilance.

— Ah, dit Martine avec un sourire, la vigilance !

Il eut le sentiment d'une pointe d'insolence et son front s'assombrit.

— Je ne plaisante pas, chère Martine. Nous sommes en ce moment, ici, dans une situation difficile. Nous subissons des attaques tous les jours. L'Occident devient synonyme de malédiction et la culture française n'a guère bonne presse. Si ça continue, nous devrons fermer boutique. Alors, ce n'est pas le moment... Il s'interrompit, essayant de nouveau d'étancher l'estafilade.

— Voulez-vous que je vous aide ? demanda Martine.

— Non… merci, dit-il surpris.

— Le moment de…

— Le moment d'attirer l'attention de nos adversaires, de ceux qui veulent dans ce pays notre perte. Vous savez, les Américains sont prêts à prendre la place.

— Je vois mal, monsieur le conseiller, de quoi vous parlez.

— Vous faites ici un travail remarquable, avec dynamisme, compétence. Tout le monde le reconnaît. Depuis que vous êtes arrivée, quelque chose a changé.

— Je ne sais pas…

— Justement, cela a trop changé. Il faut aller doucement. M. Grimberg vous le dira. Et il ne faut surtout pas…

— Surtout pas…

— Je vous le disais… offrir des cibles.

— Des cibles ?

— Ils n'attendent que cela. C'est le pays du tir à l'arc, vous savez. Une tradition séculaire, et magnifique.

— Mais, les cibles ?

— Les cibles sont offertes dès qu'il y a certaines failles… certains comportements… comment dire ?

Son embarras était maintenant encore plus marqué. S'il continuait à jouer avec le coupe-papier, il allait certainement s'entamer un autre doigt. Comme elle ne répondait pas, il reprit :

— Il y a certaines manières de faire… certaines manières d'être… il y a aussi certaines lectures…

— Des lectures ?

Il se fit tout d'un coup très direct, presque provocant, plantant maintenant ses yeux dans les siens.

— Les vôtres sont très audacieuses, chère Martine. Je ne vous en blâme pas. Mais…

— Mais…

— Je vous le répète, soyez prudente.

Comme elle allait ouvrir la bouche, il prévint ses objections.

— Oui… vous allez me demander de quoi je me mêle. Surtout pas de vos occupations, de vos loisirs ni de vos travaux personnels. Mais concevez qu'il y ait des âmes sensibles, vulnérables… dont la délicatesse se blesse à certaines choses qui vous paraissent, à vous, naturelles…

— Monsieur le conseiller, je ne sais pas de quoi vous parlez.

Il changea de ton :

— Mais si, vous savez très bien.

Puis, rectifiant :

— Oh, rassurez-vous, personne ne vous espionne. Mais il y a des bruits… des impressions… Bref, soyez sur vos gardes.

— Je...

— Avec les domestiques aussi, faites très attention. N'oubliez pas que nous sommes au cœur de l'Islam, que nous baignons dans l'Islam.

Martine n'avait pu s'empêcher de changer sensiblement de couleur. Il éprouva comme un besoin de la rassurer.

— Cela nous concerne tous. Je vous l'ai dit, on nous guette. Tenez, en ce moment même le cheikh Abdul Hammad, le propre frère du premier ministre, est en train d'organiser une campagne terrifiante. Le thème : la décadence morale occidentale. Vous voyez d'ici. C'est en fait un atout intégriste de bas étage dans un conflit dont le véritable sens est politique. Mais le cheikh est prêt à tout. Il utilisera n'importe quoi. C'est de cela en fait que je voulais vous parler. Ce n'est pas le moment, encore une fois, de faire le moindre faux pas.

Martine parut réfléchir, se concentrer.

— Voulez-vous que je prenne le voile ? dit-elle.

Cette fois, elle dépassait dans l'insolence les bornes permises.

— Quoi ?

— Le voile, le tchador ?

Il essaya de cacher son mécontentement.

— Ne le prenez pas ainsi. J'ai voulu vous rendre service, c'est tout. Je ne suis pas responsable des échos qui me viennent aux oreilles.

Il avait repris son coupe-papier. Elle s'était déjà levée.

Le lendemain, elle écrivit à Pierre Cas :

"Cher professeur,

Vous me permettrez d'user du tutoiement. Dans ce domaine, je trouve que la réciprocité est de rigueur. Ce ne m'est pas toujours facile quand je vous adresse la parole ; mais par lettre, ce devrait être différent. Je vais essayer.

Permets-moi donc de te dire, cher professeur, que, si mes nouvelles activités se déroulent ici d'une manière généralement satisfaisante (je crois même avoir déjà quelques réussites à mon actif), il n'en est pas moins vrai qu'un certain soupçon commence à flotter autour de moi. Tu seras le dernier à t'en étonner. D'ailleurs nous sommes dans l'*ère du soupçon*. Une grande dame l'a dit et tu nous l'as enseigné toi-même. Mais, dans ce pays, cela peut prendre des proportions inquiétantes. Les intolérances y sont multiples. Il faut donc que je sois prudente. On m'y a invitée hier en termes non voilés (si je puis dire !). Comment vais-je pouvoir être prudente avec le travail que tu m'as mis sur les bras ? Ou je l'abandonne et je brûle tous ces livres infâmes (la pratique des autodafés, m'a-t-on dit, reste vivace ici), ce qui serait une solution, sans doute très positive pour mon nouveau métier, de toute évidence beaucoup plus accaparant que je ne le pensais. Ou je m'y enfonce (jusqu'à l'abîme ?) et chrétiens et musulmans se liguent pour me damner, peut-être me brûler vive.

Que faire ? Dans l'attente d'un avis, d'un conseil, je vous embrasse très affectueusement."

Très curieusement, Pierre Cas répondit *à côté*. Il ne faisait qu'une allusion rapide à la question posée par Martine, lui indiquant simplement au passage qu'il ne lui avait rien "mis sur les bras", mais que c'était elle, elle seule, qui avait choisi, voulu ce sujet, puis passait aux travaux du séminaire, à la manière d'un professeur que rien ne distrait de son travail et qui n'entend guère parler d'autre chose. Il pensait donc, disait-il, que Martine, en raison de son éloignement (dont il rappelait encore qu'il avait été tout à fait délibéré de sa part), serait heureuse d'avoir des nouvelles du groupe et de ses recherches collectives. Il allait lui en donner. Là-dessus, il lui racontait que Woody venait de faire un exposé vraiment exceptionnel sur Mirabeau écrivain et que lui-même, qui se prenait pour un professeur expérimenté et un peu sceptique, avait été étonné de ce qu'on pouvait apprendre sur ce personnage :

"... Il est fabuleux, disait-il, que les Aixois passent tous les jours sous les platanes de ce cours qui porte son nom sans se rendre compte qu'il a poussé aussi loin que personne la combinaison – organique, affirme Woody – du «commerce de galanterie» (c'est sa propre expression) et du commerce politique. Une analyse serrée de ses écrits de jeunesse, notamment l'*Erotica Biblion* que Nerval voulait récrire, le laisse pressentir. Mais la vie amoureuse et l'extrême fougue du *désir* de révolution le confirment. Woody nous a rappelé qu'il s'agit en général d'un même et unique orgasme. Ce qui est curieux, c'est que, si l'engagement politique est homogène (au moins jusqu'en 1790) chez lui, la pratique des femmes, elle, est étrangement multiforme. Pense qu'il y en a une qui s'appelle Yet-Lie, on jurerait une Chinoise ou une Coréenne d'aujourd'hui, non c'était une Hollandaise, elle a tenu une place folle dans sa vie…"

Le professeur terminait son message par cette citation de Mirabeau, que Woody, disait-il toujours, avait longuement commentée dans son exposé :

"… Sans doute, dans le cours d'une jeunesse très orageuse, par la faute des autres, et surtout par la mienne, j'ai eu de grands torts, et peu d'hommes ont, dans leur vie privée, donné plus que moi prétexte à la calomnie, pâture à la médisance, mais j'ose vous en attester tous : nul écrivain, nul homme public n'a plus que moi le droit de s'honorer de sentiments courageux, de vues désintéressées d'une fière indépendance, d'une uniformité de principes inflexibles."

Dont acte, se dit la destinataire en pliant la lettre.

Ce matin-là, Serge et Martine se rendirent assez tôt à la porte d'Argent où devait avoir lieu, devant l'ancienne mosquée ottomane, une des manifestations organisées par le cheikh Abdul Hammad. Elle risquait de prendre un tour antifrançais, avait-on annoncé, et ils venaient là en observateurs, rejoignant l'attaché militaire de l'ambassade qui, chargé de faire un rapport, s'était glissé, en tenue civile, dans la foule. Elle était déjà dense et bruyante, très excitée à ce qu'il semblait. A travers les blouses, les capes, les turbans et aussi les uniformes des policiers, ils aperçurent les lueurs rougeoyantes d'un foyer vers lequel on apportait des paniers portés par des brouettes.

— Ces paniers, leur dit l'attaché militaire à voix basse, après les avoir entraînés un peu à l'écart, sont pleins de billets de banque français qu'ils vont brûler publiquement.

— Brûler des billets ? dit Martine.

— Oui, ce sont des billets de cent francs. Ils ne supportent pas que l'on y voie une femme aux seins nus. Ils disent que c'est une offense intolérable à la pudeur et à leur religion.

— Il y a une femme aux seins nus sur les billets de cent francs ? dit Martine incrédule.

— Oui, rendez-vous compte.

Serge chercha un billet qui lui restait au fond de son portefeuille, le déplia précautionneusement en évitant de se montrer.

— En effet, c'est *la Liberté guidant le peuple*, de Delacroix.

— La Liberté a les seins nus ?

— Tout à fait. Regardez.

Elle regarda. C'était indéniable.

— Alors, ils vont brûler tous ces billets. Ils sont faux, j'espère ?

— Ce n'est pas si sûr ! dit l'attaché militaire.

— Et c'est le cheikh, demanda Serge, qui les conduit à ce degré de démence ?

— Je le crains.

— Mais, fit observer Martine, il n'y a pas tous ces billets français en circulation ici…

— Ils ont vidé les banques. On ne recule devant rien pour un symbole.

Les flammes étaient maintenant assez hautes et tout à fait visibles. On entendait des grésillements de papier et une fumée roussâtre montait vers le ciel. La foule s'agitait, se trémoussait, poussait parfois, dans les premiers rangs du moins, des cris aigus.

Un homme de grande taille, les épaules recouvertes d'un manteau de fine laine, la tête coiffée d'un turban à la saoudienne, les yeux cachés derrière des lunettes noires, s'avança sur une sorte d'estrade où l'on avait placé un micro et se mit à parler dans un arabe véhément.

— C'est le cheikh Abdul Hammad lui-même, murmura en se penchant l'attaché militaire.

— Et que leur dit-il ?

Il n'y eut pas de réponse. Martine pensa qu'il était peut-être plus sage de garder le silence au milieu de cette foule hostile d'où partaient de temps en temps des regards noirs lancés vers leur petit groupe. Ou peut-être l'attaché militaire n'entendait-il pas plus l'arabe qu'elle. Il l'entendait en fait très bien. Au bout d'un moment, il se pencha encore.

— Il dit que cette cérémonie expiatoire était nécessaire et qu'il faut mépriser l'argent.

— Surtout quand il est souillé sans doute ? glissa Serge.

— C'est exactement ce qu'il dit. Souillé par Satan.

— Très bien, fit Martine en hochant la tête avec componction.

L'attaché les tira en arrière, pour les prendre à part.

— Vous n'imaginez pas la saveur de ces propos dans la bouche du personnage. Il possède en Suisse un nombre de comptes en banque impressionnant. Il est lié aux affaires des émirats de la manière la plus directe. D'ailleurs l'émir du Koweit est son cousin. Mais il a opté pour les Chi'ites et il est en train de parler au nom de la Shari'a. Il commente en ce moment un hadith "incontournable", comme nous dirions.

Serge fit observer :

— Il est habile, mais il n'est pas stupide. Nous le connaissons, nous avons affaire à lui. Il faut savoir le ménager.

— Le ménager ?

— On voit, chère Martine, que vous n'êtes pas encore diplomate !

De fait, le cheikh paraissait avoir une étrange emprise sur ses auditeurs. La foule se contorsionnait de plus en plus, des hommes se prosternaient, des femmes se cachaient entièrement le visage comme pour ne pas voir les objets d'infamie voués au sacrifice, des enfants sautillaient pieds nus, comme saisis de transes, autour du feu, le papier continuait à grésiller dans le brasier.

— Ils sont sûrement faux, dit Martine. Je voudrais bien en attraper un pour voir.

L'attaché militaire lui conseilla de ne pas le faire et la dissuada de s'approcher.

Chose curieuse, à la fin de l'autodafé, ce fut Abdul Hammad lui-même qui vint vers eux. Il avait reconnu Serge Grimberg derrière la foule et ne voulait pas feindre d'ignorer sa présence. Il affecta une courtoisie appuyée :

— Monsieur le conseiller culturel, dit-il, votre présence me surprend, mais elle m'honore.

— Ma nouvelle collaboratrice, Mlle Martin, dit Serge en présentant Martine.

Le cheikh s'inclina avec affectation, puis fit un signe à l'attaché militaire qui restait à l'écart.

— Permettez-moi, puisque vous êtes là, de vous offrir quelques dattes et un verre de thé, dit-il en les entraînant vers une sorte de tente de fortune dressée à quelques mètres du brasero.

Il les invita à prendre place sur de hauts coussins, puis, sans enlever ses lunettes noires, parlant comme pour lui seul, dans le vide, en un excellent français :

— Manifestation de fanatisme et d'obscurantisme qui doit paraître scandaleuse à vos yeux, dit-il en souriant. Eh bien, ne vous y trompez pas, nous admirons la culture française et nous admirons Delacroix dont nous connaissons les chefs-d'œuvre ! Mais Delacroix s'est trompé, lui, en représentant la Liberté d'une manière impudique. La Liberté est chaste et sévère. Nous devons la considérer ainsi. C'est ce que nous prescrit notre loi religieuse. Et notre devoir est de dénoncer la déchéance de l'Occident dans les domaines les plus sacrés. Rien ne diffuse autant les images de la honte que des billets de banque !

D'un geste à la fois élégant et autoritaire, il fit apporter les dattes et le thé.

— On imagine, dit Martine, après avoir toussoté deux ou trois fois, tout ce qu'on pourrait faire avec l'argent que représentent ces billets pour améliorer la condition de ceux qui en ont besoin.

— Même les misérables, dit le cheikh, préfèrent la décence au bien-être. Chez nous du moins.

Il se tut un moment, porta son verre à ses lèvres, but une gorgée, invitant ses hôtes à l'imiter, puis, s'adressant résolument à Martine :

— J'ai entendu parler de vous, mademoiselle.

Il s'ensuivit un silence prolongé, indiscutablement lourd d'une certaine anxiété chez les Français. Puis Abdul Hammad reprit la parole :

— Je constate que vous véhiculez les idéologies à la mode. Les idéologies de l'action humanitaire et de la charité internationale. En un sens, je respecte cela. Mais sachez que nous en avons assez d'être considérés comme des assistés. Notre honneur et notre dignité nous importent plus que ces morceaux de papier et ce qu'ils peuvent procurer.

— Brûlez des dollars ! dit Martine, non sans une audacieuse impertinence.

Son interlocuteur sourit.

— La face respectable de Washington n'offense pas la pudeur.

Il prit le temps de la réflexion pour ajouter :

— Ce serait différent avec celle de Bush. Il y a derrière la régularité de ses traits quelque chose du renard obscène.

Après un nouveau silence, il enchaîna :

— Bien entendu, je plaisante. Je voulais simplement dire que nous ne sommes prêts à céder, à capituler devant personne. Quelles que soient les crises qui s'annoncent et les nuées qui s'amoncellent à l'horizon.

S'adressant une dernière fois à Martine :

— Mademoiselle, je serais ravi de reprendre cette passionnante conversation avec vous, si vous me faites, un jour prochain, l'honneur d'une visite en mon palais. Je vous ferai découvrir une collection plus riche que tous les Delacroix du monde.

Et là-dessus, il reconduisit le trio sans se départir de son extrême courtoisie. L'odeur des billets roussis se mêlait maintenant à celle de beignets et de galettes frites. Ils fendirent la foule qui psalmodiait toujours, mais le rituel était en train de tourner à la fête populaire.

— Attention à la visite au palais ! dit Serge en prenant Martine par le bras. Il a la réputation d'avoir un harem encore mieux garni que ses comptes en banque !

A quelque temps de là, arriva au centre culturel un télex qui proposait la visite d'un professeur à l'Ecole des hautes études, sociologue de l'art, en tournée dans le Proche-Orient, Charles Mainguy. Il pouvait donner une conférence, avec projection de diapositives, sur *la diffusion du message pictural*. Beau sujet, pensa Martine qui alla tout de suite en discuter avec Serge Grimberg dans son bureau. Elle lui fit observer que rien ne pouvait mieux répondre aux observations d'Abdul Hammad concernant Delacroix et sa *Liberté*.

— Pas de provocation ! dit Serge.

— Loin de moi l'idée de la moindre provocation. Mainguy est un grand savant et un sociologue sérieux. Une telle conférence, d'orientation purement esthétique je pense, ne pourra qu'être bénéfique à notre image de marque. En outre, des diapositives, cela plaît à tout le monde. Si nous organisons bien les choses, nous aurons un beau public, nous marquerons un point.

— Il faut voir combien cela coûte, ma petite amie, dit Serge d'un ton narquois. Mais laisse-moi te dire que, pour une provinciale, tu deviens ici de plus en plus parisienne.

Il se trouvait que l'opération ne devait pas être ruineuse, la plupart des frais étant pris en charge à l'échelon central du ministère. Il suffisait de bien accueillir Mainguy, de l'héberger, de l'inviter et de le promener.

— Il paraît qu'il a beaucoup de charme, dit Serge. Si tu veux bien t'en occuper, c'est parfait. Moi, je n'ai absolument pas le temps en ce moment, j'ai le budget sur les bras, les syndicats de coopérants sur le dos. Et puis, ces types des Hautes Etudes me barbent.

— Très bien, dit Martine, je m'occupe de tout.

Elle commença par voir si les projections pourraient se faire sans problème, habituée qu'elle était maintenant aux difficultés d'organisation et aux embarras techniques qui survenaient au centre à tout moment. On lui dit que le projectionniste était en congé à cause d'un jeûne de dévotion qu'il avait à faire. Elle demanda le projectionniste adjoint qui lui fit observer qu'il n'y avait pas de salle disponible le jour prévu. La bibliothécaire confirma en disant que dans cette période toutes les salles étaient requises pour les cours du soir, notamment les cours de conversation française qui attiraient beaucoup de jeunes. Martine répondit que l'on ne pouvait que s'en réjouir, mais qu'il fallait bien trouver une solution. La bibliothécaire, qui avait des airs de vieille fille un peu butée et ne manquait jamais une occasion de faire sentir à Martine qu'elle était plus ancienne qu'elle et avait donc une plus grande habitude des lieux et des usages, dit qu'elle n'en voyait pas.

— Eh bien, dit Martine, pour une fois on fermera la bibliothèque et la conférence aura lieu ici !

— Quoi ! dit la bibliothécaire en portant la main à son cœur.

— Oui, ici.

— C'est impossible. Trouvez un cinéma en ville, comme pour vos films.

Elle avait dit "vos films" avec un mépris marqué. Martine qui s'était toujours efforcée de se montrer conciliante avec son personnel jugea que cette fois son autorité devait l'emporter.

— La conférence aura lieu ici, dit-elle.

La bibliothécaire tourna le dos, aigre, vexée, vindicative et alla se retrancher derrière l'écran de son Macintosh. Elle revint pourtant au bout d'un moment, porteuse d'un énorme pot de fleurs qu'elle semblait avoir du mal à soulever et qu'elle posa brutalement sur une table de lecture près de Martine.

— Ceci a été apporté pour vous, dit-elle. Par un homme en Rolls-Royce.

C'était un immense bouquet d'hortensias rouges, à la lettre flamboyants, plantés dans un terreau de verdure, qu'accompagnait une carte de visite sur laquelle Martine lut le nom du cheikh Abdul Hammad et ces mots : *Pour vous, ces flammes plus pacifiques. En espérant venir visiter un jour votre bibliothèque.*

"Ma bibliothèque…, se dit Martine avec un sourire intérieur. S'il savait… !" Perplexe, elle fit ranger le pot et entreprit de régler d'autres détails. Elle s'assura que des rideaux pouvaient être tendus aux fenêtres pour la projection, que les appareils fonctionnaient bien, que l'on disposait d'un temps suffisant pour faire des affiches et lancer des invitations, puis se dit qu'il faudrait reparler de tout avec Grimberg, prendre l'aval du premier conseiller, celui de l'ambassadeur lui-même peut-être. Pas d'erreur, pas de faux pas. Attention, Martine, sagesse et prudence !

Elle s'assit un moment, lasse, vaguement découragée, un peu amusée aussi par ce pot de fleurs là-bas au bout de la salle. Puis, tout d'un coup, elle eut une émotion à voir ces jeunes étudiants arabes, garçons et filles, qui travaillaient par groupes derrière les tables de lecture. Ils n'étaient pas très nombreux, mais ils étaient si attentifs et si silencieux qu'on les aurait pris pour des figures de terre cuite. Si absorbés dans leurs livres qu'elle avait fini par les oublier. Elle se dit qu'en effet ce serait dommage de fermer la bibliothèque, même pour un soir. Tant pis, il le faudrait pourtant. Mais elle regarda encore longtemps leurs longues mains fines sur les pages des livres.

En allant chercher Mainguy à l'aéroport, elle s'efforça de ne pas renouveler l'erreur qu'avait commise Roger d'Andelot à sa propre arrivée. Elle accrocha au veston de son tailleur une sorte de badge en plastique de grand modèle, qui faisait une publicité tricolore pour le livre français, grâce à quoi le conférencier en visite la reconnut très vite. Il était plein d'aisance, grand, le regard vif, les tempes légèrement argentées, le teint chaud, la fossette malicieuse. Ils s'entendirent très vite. Dans la voiture de l'ambassade que Martine avait pu obtenir pour son accueil et qui maintenant les emmenait vers la ville, il lui posa plus de questions qu'elle n'en avait elle-même à lui adresser : depuis combien de temps était-elle là en poste, d'où venait-elle, quelles études avait-elle faites, quels travaux poursuivait-elle, aimait-elle son travail actuel, se sentait-elle en sécurité dans ce pays, comptait-elle y rester longtemps, *qui* était-elle ? A vrai dire, cette dernière question n'était pas formulée, mais elle englobait toutes les autres. Ce monsieur avait l'air de s'intéresser au sexe féminin en général et à elle en particulier. C'était très bien. Il voulait la connaître, savoir quelle était la personne qui le prenait en charge. Il avait raison. Mais *qui était-elle* était une question si difficile à traiter qu'il n'avait aucune chance d'y parvenir avec la rapidité qu'il mettait à sa démarche. Si elle avait eu d'ailleurs la réponse elle-même, elle l'aurait volontiers éclairé, tant il était engageant.

En fait, pensa-t-elle, tandis qu'ils approchaient du *Hilton International* où elle devait le déposer, c'est elle qui aurait dû l'interroger, et notamment sur la conférence qu'il devait prononcer le soir même et qu'elle serait certainement chargée d'introduire par quelques mots de présentation. Mais déjà, il sautait hors de la voiture, remerciant le chauffeur avec un sourire, accrochant à son épaule la sacoche à bandoulière qui semblait être son unique bagage, demandant à Martine de l'accompagner quelques secondes à la réception de l'hôtel pour voir si tout était en règle. Il paraissait habitué des voyages. Et très leste en ses mouvements.

Quelques minutes avant le début de la conférence, Martine eut la surprise de voir Diane d'Andelot arriver et s'installer au premier rang, où quelques places restaient disponibles pour diverses personnalités. Etait-ce une surprise agréable ? Elle ne l'avait pratiquement plus vue depuis leur première rencontre, sinon au hasard de réceptions mondaines, et elle savait bien qu'elle n'avait à attendre d'elle aucune aménité particulière, pour des raisons qui lui échappaient d'ailleurs en grande partie. Mais Diane se montra affable, détendue même. Elle avait une passion, dit-elle, pour l'histoire de l'art et ne voulait manquer aucune manifestation touchant à ce domaine. Comme un siège restait libre à côté d'elle, Martine crut sympathique de lui dire qu'après sa présentation du conférencier, elle viendrait s'y asseoir. Mais Diane d'Andelot répondit qu'elle souhaitait garder cette place pour Lana, l'amie américaine, dont elle se souvenait sûrement, qui allait arriver d'un moment à l'autre. De fait, Lana ne tarda pas à arriver, les dents éclatantes dans un visage savamment maquillé. La conférence commença presque aussitôt devant une assistance tout à fait honorable.

Martine fit sa petite introduction avec le plus de simplicité et de chaleur possible, puis s'éclipsa pour gagner le fond de la salle d'où elle aurait au moins l'avantage de pouvoir surveiller un peu le déroulement des choses, s'assurer du bon fonctionnement de l'appareil de projection, de la mise en place correcte des diapositives, de l'éclairage. Elle se sentait mieux là qu'avec ces dames du premier rang. Elle faisait son métier. La seule chose qui la contrariait était que Serge Grimberg n'était pas encore venu saluer Mainguy. Certes il avait annoncé qu'il ne serait là que pour le début de la conférence, mais maintenant elle venait de commencer, et il n'arrivait toujours pas. En revanche, le public était nombreux, varié et, semblait-il, attentif et bien disposé. Elle avait craint, jusqu'au dernier moment, elle ne savait trop quel boycott ou même des incidents comme il s'en était produit les derniers jours, notamment depuis l'affaire des billets. Mais non, tout se passait bien.

Et puis, Mainguy avait indéniablement de la maîtrise, un pouvoir de séduction sur son auditoire. Il parlait sans notes, avec vivacité et humour, avec une grande précision aussi dans ses commentaires. Il quittait souvent la table qu'on lui avait assignée pour se promener devant l'assistance avec désinvolture, puis faisait face au public pour une remarque piquante. Du style, pensait Martine, un indéniable sens du théâtre, de la compétence aussi. Et puis, la maturité décontractée, la quarantaine alerte. Quand la salle s'assombrissait pour les projections, il montrait les détails des diapositives au moyen d'une longue baguette qu'il s'était procurée Dieu savait où, à moins que, télescopique, il ne l'eût transportée dans son bagage de conférencier. Martine eut un petit sursaut au cœur, quand il commenta une *Sainte-Victoire* de Cézanne. Ce qu'il disait en substance était ceci : "Vous avez là un remarquable exemple de diffusion du message pictural ; la Sainte-Victoire, malgré son nom un peu pompeux, et dont l'origine est d'ailleurs fort discutée, n'est jamais qu'un roc calcaire dressé dans un paysage de plaine provençale, eh bien, ce rocher est visible, grâce à Cézanne, dans tous les pays du monde, dans des villes comme Tokyo, Baltimore, Washington, Leningrad, Berlin, Zurich et j'en passe, grâce au phénomène du *musée*, qui, lieu par excellence de l'imaginaire, devient lieu du réel, et du réel géographique, j'allais presque dire géologique, puisqu'il s'agit de pierre, j'insiste là-dessus parce que l'habitude d'aujourd'hui est de présenter le travail de Cézanne comme constructiviste, il l'est certes et vous n'avez qu'à voir ces lignes, ces arêtes, ces volumes, et ces couleurs, ces bleus totalement irréalistes (il soulignait ici de sa baguette les contours vifs et les plis de la superbe montagne bleue qu'il était en train de montrer), mais il ne faut pas oublier pour autant qu'il nous transmet, qu'il transmet à travers le monde un message réel, disons, pourquoi pas ? historique, puisque la Sainte-Victoire, éperon de roc provençal, entre, par la diffusion de son œuvre, dans l'histoire du mythe universel." Elle suivait, attentive, rêveuse, songeant à ses promenades au Tholonet, à tous ces sites familiers qui tout

d'un coup lui paraissaient, grâce à cette parole enve-
loppante, si lointains et si proches.

Elle en était là de ses pensées quand entra dans la
salle, par une porte dérobée, Serge Grimberg
accompagné de son ami Tom. Ne tardant pas à la
repérer, il lui fit un petit signe pour l'inviter à sortir
un instant avec lui.

— Tout se passe bien ? lui demanda-t-il.

— Très bien.

En fait, ce n'était pas tellement la conférence qui
l'intéressait. Il voulait parler d'autre chose.

— Sais-tu que Mainguy est invité chez les d'Andelot ce soir ?

— A dîner ?

— A dîner. L'es-tu toi aussi ?

— Non. En tout cas, je ne sais rien.

— Je m'en doutais.

— Et toi ?

— Moi oui, dit Serge gêné.

C'est ainsi que Martine apprit qu'il y aurait le
soir même un dîner offert pour Charles Mainguy
par le premier conseiller et sa femme, auquel elle
n'était pas conviée. C'était elle qui avait tout orga-
nisé. Elle apprécia l'élégance du procédé.

— Ce n'est pas grave, dit-elle tout bas à Serge.

Quand Mainguy eut terminé, les applaudissements fusèrent. Il avait réellement captivé ses auditeurs. Il nous faudrait souvent ici des interventions
de la qualité de la vôtre, lui dit un professeur pa-
lestinien de l'université Kharoum, en lui serrant
chaleureusement la main. Des étudiants vinrent lui

poser des questions, l'un d'eux lui fit dédicacer un livre. Les congratulations se multipliaient. De petits groupes se formaient autour de sa personne, comme si les gens ne voulaient plus quitter la salle. Martine lui demanda s'il ne souhaitait pas un verre d'eau fraîche, car on avait oublié la traditionnelle carafe sur la table, puis le prit à part un instant.

— J'ai oublié de vous dire, mais sans doute êtes-vous déjà averti, que vous dînez ce soir chez le premier conseiller. Il faut que vous connaissiez votre emploi du temps !

— Vous venez aussi, bien sûr ?

— Non. Je ne suis pas invitée.

A ce moment-là, Serge s'approchant, Martine le présenta. Il s'excusa d'être arrivé en retard, charges et tâches de toute nature l'accablaient en ce moment, sans parler de quelques ennuis d'ordre diplomatique qui semblaient se préparer dans ce pays difficile, mais il avait entendu les longs applaudissements et constaté le plein succès de la conférence, succès dont il ne doutait d'ailleurs pas.

C'est à ce moment-là que Diane d'Andelot s'avança.

— Succès magnifique en effet ! dit-elle. Quelle prestation, et sur quel sujet passionnant ! Au point, cher maître, que, dussions-nous abuser honteusement de vous, nous sommes décidés à vous enlever pour prolonger le débat, vous poser toutes les questions que nous avons sur les lèvres. Vous venez à la maison, où vous attend un dîner, improvisé sans doute, mais qui sera celui de l'amitié et de l'admiration.

— Vous êtes très aimable, chère madame, répondit Mainguy, mais je ne dîne jamais après mes conférences. J'ai eu une journée épuisante. Je suis arrivé ce matin, je repars demain. Avec votre permission, je rentre à mon hôtel. Mlle Martin va me raccompagner.

Diane d'Andelot resta un long moment la bouche entrouverte, le souffle coupé.

Quand ils arrivèrent à l'hôtel, Mainguy proposa à Martine de dîner avec lui.

— Je croyais que vous ne dîniez pas après vos conférences !

— Un petit repas improvisé, comme elle dit. On le fait monter dans ma chambre, si vous voulez.

Elle accepta. Le repas se composa de crevettes du Golfe et d'une tranche de rosbif froid aux aromates, avec quelques fruits et une bouteille de champagne ! C'était très simple, très agréable. Un ventilateur rafraîchissait la pièce.

— J'ai été très heureuse, dit Martine, tandis que Mainguy lui versait du champagne, de vous entendre parler de la Sainte-Victoire et de cette toile de Cézanne. C'est une perspective que je connais bien. Je pourrais situer le point exact où ce tableau a été peint. Il y a là une petite butte de terre rouge avec un oratoire qui la surplombe. C'est là que Cézanne plantait son chevalet. J'adore me promener en ces lieux.

— Je les connais. Vous êtes loin de tout cela maintenant !

— Ici, il y a la terre rouge, mais il n'y a pas le ciel bleu. On dirait toujours que le vent répand du sable entre le sol et le ciel. Un écran de sable, en permanence. Dans ma tête peut-être.

— Votre tête est adorable, dit-il. Je suis content que vous soyez là.

— Ne détournez pas la conversation.

— Je ne la détourne pas. Je constate que vous êtes pleine de nostalgie pour votre campagne aixoise et ses paysages. Mais ce soir, je suis content que vous soyez là. C'est tout. C'est vous qui m'intéressez. Trinquons.

Il avait levé sa coupe d'une main et posé son autre main sur un des genoux de Martine.

— Je disais donc, reprit-elle, que j'aime beaucoup retrouver les sites chers à Cézanne. Si vous saviez ce qu'il disait lui-même des pierres, des branches, des feuilles, des tertres, des talus. J'ai un camarade, Eduardo, un Chilien réfugié en France, qui travaille sur ses écrits. Notre professeur a eu la bizarre marotte de nous faire étudier des Aixois célèbres et il lui a proposé un sujet de mémoire sur Cézanne écrivain. Au début nous étions tous surpris. Mais Eduardo s'est pris au jeu et un jour il nous a lu à haute voix des pages de sa correspondance qui étaient des pages de poésie… une poésie de l'objet d'une justesse incroyable… il paraît d'ailleurs que, dans sa jeunesse, il a confié à Zola qu'il balançait entre la peinture et la poésie.

— Je sais, dit Mainguy.

Martine pensa tout d'un coup qu'en effet il devait savoir cela et qu'elle paraissait certainement sotte de l'entretenir de ce qu'il connaissait mieux que personne. Et qu'il en avait probablement assez de parler de peinture.

— Je vous ennuie, dit-elle.

— Vous ne m'ennuyez pas du tout. Mais c'est vrai que ma conférence est finie et qu'après le travail, j'aime bien le plaisir.

Il avait mis sa main un peu plus haut sur sa cuisse.

— Je vois, dit-elle. Vous voulez faire l'amour avec moi. Eh bien, faites !

Le repas achevé, elle lui fit baisser la lumière, passa à la salle de bains et se déshabilla. Lui-même avait enlevé sa chemise et apparaissait le torse dénudé, bronzé, des poils gris frisottant sur le haut du thorax. Il se planta droit devant elle, mit ses mains sur ses épaules, ses yeux dans les siens, comme s'il voulait la tenir bien à sa vue, à sa portée. Martine avait un beau corps, très plein à la hauteur des hanches et des seins, mais le buste haut, le ventre plat.

— C'est extraordinaire, dit-il, le message que je reçois de vous.

Elle pensa une seconde qu'il allait reprendre, malgré lui, son sujet de conférence. C'était bien cela.

— Vous êtes comme ces corps lumineux des œuvres peintes, dit-il. Le corps d'Andromède chez

81

Ingres par exemple, avant que Persée ne la délivre. Elle est attachée, ligotée par les poignets, mais l'irradiation voluptueuse de la chair est la plus forte. Cet appel au désir chez certaines femmes ! Vous le savez bien d'ailleurs, vous en jouez. Vous passez votre temps à jouer avec notre pulsion de vie !

— Je ne joue pas.

Elle l'entraîna vers le lit et ils s'aimèrent.

Au petit matin, comme il avait du mal à se réveiller, elle se redressa sur un coude, se pencha vers lui, le regarda un moment avec tendresse et lui demanda doucement s'il n'était pas en retard. Il devait prendre son avion pour l'Egypte à sept heures et il fallait appeler un taxi.

— Je te reverrai à Paris ? demanda-t-il en sortant des draps et en passant une main dans ses cheveux ébouriffés.

Elle réfléchit.

— Je serai en France bientôt, pour quelques jours de vacances. Mais je ne crois pas venir à Paris.

— Alors, sous d'autres cieux !

DEUXIÈME PARTIE

Trois semaines après, en effet, Martine partait pour la France, à l'occasion de son premier congé, et se contentait d'atterrir à Paris. Elle devait séjourner surtout à Aix, y retrouver sa famille et ses amis.

Le professeur Cas l'accueillit avec un léger sourire, l'invitant à faire profiter de sa nouvelle expérience ses camarades du séminaire. Elle se prêta de bonne grâce à l'exercice, donnant quelques vues et réflexions sur le métier d'attachée culturelle, tel qu'elle l'exerçait : son intérêt et ses embûches. Elle ne dissimula pas que, certains jours, en s'éveillant, elle se demandait avec une réelle perplexité si elle n'aurait pas mieux fait de rester enseignante, mais, en se couchant, elle se félicitait de sa journée, des contacts qu'elle avait pris, des gens qu'elle avait rencontrés, de l'action positive (du moins voulait-elle le croire) qu'elle avait menée en faveur de cette bizarre entité qu'on appelait la "culture française". Etait-elle qualifiée pour en apparaître comme la meilleure représentante ? Elle en doutait. Là, Martine s'interrompit, regarda fixement Cas et déclara que l'orientation de ses travaux personnels lui avait attiré à plusieurs reprises certains ennuis.

— Pourquoi ? Cela se voit sur ta figure ? demanda le professeur.

Elle ne répliqua pas tout de suite. Puis, comme le cercle restait silencieux.

— Je ne sais pas. Peut-être.

— Bien sûr, dit Philippe. Ça se voit sur sa figure. Et pas seulement sur sa figure.

— Qu'est-ce que tu veux dire ?

— Tu sais bien que l'écriture, c'est le corps. Et la lecture aussi. Voilà ce que je veux dire.

La seule réponse à ce propos assez énigmatique était la présence physique de Martine. Alors que les autres paraissaient un peu affalés, plutôt moroses, on aurait dit que son voyage l'avait revitalisée, que son séjour en Orient avait imprégné son corps de soleil, que ses éminentes fonctions avaient cambré son allure : elle était belle, radieuse, éclatante, dans sa robe largement décolletée.

— Tu n'as pas mauvaise réputation, tout de même, là-bas ?

— Oui, un peu. Hélas !

— Attention à la lapidation des femmes !

— Ce sont malheureusement mes compatriotes les pires.

Elle enchaîna en disant que, de toute façon, elle était heureuse de découvrir une civilisation très enrichissante à tous égards, y compris pour ses propres recherches. Là, elle avoua que ses responsabilités étaient si prenantes qu'elle n'avait pas réellement le temps de travailler à sa thèse, qu'elle se demandait parfois si elle n'avait pas été complètement folle de traîner à sa suite toute sa bibliothèque, mais affirma qu'il ne se passait pas un jour que les hasards du quotidien ne lui fissent découvrir quelque surprise, l'amenant à remettre en question ses points de vue sur l'érotisme et les mœurs. Par exemple, dit-elle, ayant lu de près *les Mille et Une Nuits*, qu'elle ne connaissait jusque-là que d'une manière cursive, elle avait beaucoup appris sur les eunuques, sur les relations des chambellans et des princesses. Et, observant certaines réalités de la vie, elle évaluait beaucoup mieux la puissance du signe dans le domaine qui la concernait : elle raconta à ce sujet l'histoire des billets de banque au bûcher, qui réjouit vivement l'assistance, mais la laissa en partie incrédule.

— On ne sait jamais, dit Woody, si tu inventes les choses ou non.

Martine, piquée, se tut.

— Respectons les droits de la fiction, dit Pierre Cas. Et passons à autre chose. Car l'heure tourne.

Il s'adressa à Blanche, assise à l'autre bout de la table en demi-lune, et lui demanda où en étaient ses investigations sur Louise Colet.

— C'était une affreuse petite-bourgeoise, dit Blanche, et je n'arrive pas à comprendre qu'une femme, malgré ses airs d'émancipation, puisse être aliénée à ce point par ses origines. Elle aura beau faire, beau jouer les Parisiennes, beau écrire à la mode du temps, beau multiplier les amants dans le vent…

Ici, le professeur Cas lui fit un petit signe et l'interrompit, lui faisant comprendre que l'expression "amants dans le vent" n'était pas des plus heureuses, mais Blanche s'obstina, affirmant qu'il s'agissait non pas d'une tournure familière mais d'un idiotisme québécois, qu'elle avait bien le droit de parler sa langue, que personne ne l'en empêcherait… On arrêta la controverse et la parole lui fut rendue.

— Eh bien, voilà, on m'a coupé le fil ! dit-elle avec son accent inénarrable. Puis, reprenant : Bon… je disais qu'avec tout cela, Louise restait quand même une provinciale, mais une bourgeoise provinciale, celle qui était née dans son manoir des environs de Luynes, sur la route d'Aix. Voilà la marque.

Une discussion s'ensuivit au sujet de cette "marque" : comment fallait-il entendre cela ? Une *trace*, repérable dans les textes, dans l'écriture ? Ou une simple donnée sociologique, relevant de la biographie, donc de l'histoire littéraire traditionnelle ? Au bout d'un moment, Claire, toute rêveuse, les yeux au plafond, déclara :

— Au fond je l'aime bien, ta Louise.

Personne n'osa rompre le charme.

Au moment de se séparer, ils décidèrent d'aller boire un verre dans un café du cours Mirabeau, invitant leur professeur à les accompagner. Mais il s'excusa, il avait un rendez-vous – une étudiante de maîtrise – impossible à déplacer. Ils se retrouvèrent donc tous les six à la terrasse d'un café déjà très animée, bien que le soleil fût encore loin d'être généreux : on était à la fin d'un de ces matins d'avril où le jour se fait lumineux, chaud en apparence, mais où l'hiver se maintient en suspension dans l'air. Eduardo leur avait demandé de faire une petite pause à l'angle du cours et de la rue Fabrot, tout près du "passage Agard", pour regarder, au-dessus d'une boutique élégante de sacs et bagages, les lettres C H A P, décolorées mais encore très visibles sur un mur ocre. C'était, disait-il, la chapellerie du père de Cézanne (on pouvait même déchiffrer "gros et détail" en regardant de plus près) et il ne pouvait s'empêcher de penser que ce père-là que lui, Eduardo, avait pris très longtemps pour un modeste artisan (on voudrait bien, disait-il, que tous les grands créateurs soient fils de cordonnier ou de charpentier) était devenu très vite un banquier prospère, un des notables les plus nantis d'Aix.

— C'est clair, dit Philippe, tu vas nous faire le coup de l'héritage de "classe". Tu ne sais pas que ça ne marche plus ?

— Et la mère de Zola, répliqua Eduardo, qu'est-ce qu'elle faisait pour vivre ? Et lui, le fils, il ne crevait pas de faim quand il tirait à la ligne pour ses feuilletons ?

— Alors, tu veux en venir où ? demanda Claire qui pensait au dénuement de Germain Nouveau.

Eduardo eut un étrange sourire, tandis qu'ils s'asseyaient à la terrasse du café.

— Je ne veux en venir nulle part. Je voulais juste vous raconter une anecdote sur Cézanne. Et vous rappeler qu'il appartenait à la meilleure bourgeoisie aixoise.

— Mais on change de classe quand on devient artiste, dit Woody. Il y a bien eu un moment où il saccageait tout, non ? Y compris ses propres toiles, et où il crachait sur la bourgeoisie ?

— On change toujours de classe, dit Blanche. Par exemple, quand on devient attachée culturelle.

— Quoi ! s'exclama Martine.

— Eh oui, regarde-toi ! Tu es une dame maintenant. Tu es nippée ! Encore étonnant que tu viennes t'asseoir avec nous, que tu partages notre table ! Voilà, tu as vraiment la *classe*, c'est le mot juste !

Ils partirent tous ensemble d'un grand éclat de rire.

— Tu veux que je t'envoie mon verre à la figure ? dit Martine.

— Tu vois bien qu'on n'est pas encore servi, coupa Claire.

Justement, le garçon arrivait, prenait les commandes. Martine, pour se singulariser, demanda du thé noir.

— Allez, retourne vite dans ton pays ! dit Philippe. Va faire la dame. Nous, nous sommes bons pour devenir des pions.

Martine parut se concentrer, réfléchir.

— En réalité, vous êtes là au soleil, à attendre le printemps provençal. Moi, je vais affronter le sable, le feu, le pire.

— Le pire ?

— Vous oubliez que je suis dans une partie du monde où on ne parle que de pétrole et de dollars. Chevillée aux sataniques ambassades.

— Tu as choisi.

— Et en plus, je dérange.

— Une belle nana comme toi dérange toujours, Martine, dit Woody. Résigne-toi.

Martine but ses dernières gouttes de thé et se leva.

— Eh oui, le sexe, toujours le sexe, je sais ! Admettons que c'est ma façon de trahir ma nouvelle classe !

Elle les quitta en leur disant qu'elle allait retrouver ses parents qui habitaient dans une des venelles les plus pauvres du vieil Aix.

En rejoignant son poste, Martine eut la désagréable surprise d'apprendre qu'un certain nombre de choses fâcheuses s'étaient passées, la concernant. D'abord Diane d'Andelot, très mal remise de l'affaire de l'invitation refusée de Mainguy, racontait à qui voulait l'entendre qu'elle était la perdition des hommes, qu'aucun d'entre eux ne pouvait passer à sa portée sans qu'elle le mît dans son lit, que cela était pathologique chez elle, qu'on avait fait une très belle "acquisition" en la recrutant. Ensuite – et c'était plus grave –, il y avait eu une sombre histoire de photocopies prises chez elle, en son absence, sur diverses pages de livres de sa bibliothèque, qui avaient été plus ou moins mises en circulation.

— En circulation ? Mais où ? Auprès de qui ? Qu'est-ce que ça veut dire ?

Serge Grimberg hocha la tête d'un air embarrassé. Il venait d'informer Martine de ces procédés qu'il considérait comme sordides mais contre lesquels il ne pouvait rien. Il se serait bien passé de ce genre de message. Il ne détestait rien tant que la malveillance diffuse des gens bien intentionnés et les phénomènes de rumeur. Mais il était là, il observait, il ne pouvait pas être aveugle et sourd à ce qui se passait autour de lui. Il préférait qu'elle soit mise au courant. Le lieu qu'il avait choisi pour lui parler était un jardin public bordant l'oliveraie de Targa, à la sortie de la Ville Oblongue : on voyait au loin les reflets irisés du fleuve entre les branches d'osmanthus, quelques enfants vêtus de haillons bariolés jouaient pieds nus dans la terre rouge. L'endroit était discret, écarté.

— Enfin, dit Martine, ce n'est pas possible ! Il s'agit d'une effraction pure et simple !

— N'exagérons rien. Il a pu y avoir des complicités, c'est tout.

— Tu penses à Norfa ? Elle ne sait ni lire ni écrire. Pas plus l'arabe que le français. Je la vois mal choisissant des pages de livres pour aller les faire photocopier. Photocopier quoi, au fait ? Quels livres ? Quelles pages ?

— Je n'en sais rien du tout et ne veux pas le savoir. Mais Norfa a pu donner la main.

— La main à qui ? Aux renseignements généraux ? A la DGST ? On a tout ça à l'ambassade ?

Serge avait l'air de plus en plus embarrassé. Il toussotait drôlement, tandis que, tenant Martine par le bras, au bord de la rive du lac qu'ils longeaient maintenant, il lui chuchotait presque dans l'oreille :

— Ne va pas te tracasser inutilement pour tout cela. Dans une semaine on ne parlera plus de rien. Tu sais… j'ai une certaine habitude de ce genre de choses…

Elle insista pourtant.

— Je ne vais pourtant pas me laisser fliquer comme ça ? Sincèrement tu as une idée ?

Il hésita.

— Il faut peut-être voir du côté des intégristes.

— Des intégristes ?

— Je veux dire ceux de l'islam.

Elle resta silencieuse, puis sembla émerger d'une profonde stupeur.

— Ah, je vois ! Le cheikh !

— Ne personnalisons pas.

— Les textes érotiques l'intéressent sans doute. Il paraît si cultivé et si galant !

— Ce n'est certainement pas lui qui s'est occupé de ça.

— Qui alors ?

— Je ne sais pas. Tout le monde. Personne.

— Parfait. Je suis encerclée.

— Martine, laisse tomber. Voilà, tu sais, sois vigilante.

Mais elle paraissait vouloir en savoir encore davantage. Ils s'assirent sur un banc, au milieu de longues feuilles vertes.

— Qu'est-ce qui te fait penser aux milieux islamiques ?

— Rien.

— Rien ?

De nouveau, il marqua une évidente réticence.

— C'est que… je ne t'ai pas tout dit. Il y a aussi des problèmes avec Majid.

Elle se raidit, vraiment choquée cette fois.

— C'est-à-dire ?

— Il paraît que deux hommes, de sa famille, semble-t-il, mais ce n'est pas sûr, peut-être de la police, sont venus le voir chez toi. Selon les voisins, il y aurait eu des éclats de voix, une altercation… il est parti avec ces hommes…

— Ils ont emmené Majid ?

— Tu vois bien que s'ils l'ont emmené, il est revenu.

— Je lui ai trouvé un air étrange, affecté.

— Leur religion ne plaisante pas sur certains chapitres.

— Je vois. On lapide les hommes aussi ?

— Sûrement pas. Mais on les met au secret parfois.

Elle s'assombrit.

— Tout ça à cause de moi.

— Je t'ai dit que dans quelques jours on n'en parlerait plus. Sois prudente, c'est tout. On te l'a déjà dit cent fois. Et n'oublie pas que les absents ont toujours tort.

Elle pensait en effet qu'elle payait cher son absence, ces quelques jours à Aix qu'elle avait vécus comme une fête, le premier congé officiel d'une exilée volontaire. On avait fouillé dans ses affaires.

On l'avait mise au pilori. Majid aussi. On était en plein Moyen Age. Qu'allait-il arriver encore ? Elle éprouvait tout d'un coup comme un lourd malaise. On l'espionnait, on lui tendait des pièges. C'était tout le respect qu'on avait pour sa fonction ? Qui étaient les pires ? Les Français ou les Arabes ? Devait-elle admettre maintenant que les uns se servaient des autres pour la perdre ? Ils s'étaient mis d'accord sur son dos. Norfa désormais ne lui inspirait plus que de la défiance. Allait-elle devoir supporter en permanence sa malveillance et sa jalousie ? Et Majid ? Qu'allait-il lui arriver ? Elle voyait tout d'un coup un amoncellement de périls se dresser sur sa route, compromettant sa carrière, son avenir. Certes tout cela était en grande partie de son fait, de sa faute, elle ne l'ignorait pas, mais *faute*, que voulait dire ce mot ? Elle n'était pas libre ? maîtresse d'elle-même ? de ses travaux ? de ses lectures ? de sa vie ? adulte ? responsable ? Et surtout ne prenait-elle pas son métier à cœur ? N'était-elle pas efficace ? Que pouvait-on lui reprocher professionnellement ?

— Rien, dit Grimberg. Absolument rien. Tu es tout à fait à ta place dans ce poste. Je m'en porte garant.

— Alors ?

— Alors, garde-toi.

Sur ce mot énigmatique, il la reprit par le bras et l'invita à continuer la promenade, tandis que le soleil déclinait sur l'eau calme.

Diane d'Andelot fit irruption dans le bureau de son mari, agitant un papier qu'elle tenait à la main. Il était en train d'envoyer un fax au ministère sur une affaire préoccupante d'importation d'engrais et l'algarade ne fut pas à son goût. Mais elle insistait, disant que, toutes affaires cessantes, il devait prendre connaissance de pièces à conviction qu'elle lui présentait et qui enlèveraient ses doutes, s'il en avait, sur les penchants de sa "chère collaboratrice". Il s'agissait de deux photocopies reproduisant l'une un texte de Klossowski, l'autre un texte de Sade. Elle les lui mit proprement sous le nez, en lui intimant l'ordre de les lire sur-le-champ. Il se rebella violemment, rétorquant qu'il avait autre chose à faire que s'occuper de balivernes obscènes, que cela ne l'intéressait pas et qu'elle avait un certain culot de venir l'interrompre de la sorte en plein travail.

— Bon, dit-elle, se campant dans un fauteuil qui faisait face au bureau, je vais te les lire à haute voix !

Devant la menace, il céda et, interrompant son fax, prit les feuillets avec mauvaise humeur. Il parcourut d'abord quelques lignes où il était question d'une femme député coincée sur un escabeau par deux petits cireurs de chaussures qui fourrageaient entre ses cuisses. Il passa vite. Il lut ensuite le début d'une page qui décrivait les débordements d'un magistrat usant, pour faire l'amour avec sa partenaire, une vidangeuse, d'une alène de savetier, d'une étrille de cheval et d'un peigne de fer. Il renonça à aller plus loin.

— Que veux-tu, dit-il sur un ton de lassitude consternée, rejetant les feuillets au bout de son bureau, ces choses-là existent.

— Oui, mais elles existent ici, à notre barbe, dans tes services.

— La vie privée des uns et des autres ne nous regarde pas.

— Tu appelles encore cela "vie privée". Des textes qui circulent partout !

— Comment, qui circulent partout ?

— Oui.

— Diane, je crois que tu es folle !

— C'est moi qui suis folle ! C'est le bouquet ! Et *elle*, qu'est-ce qu'elle est ?

— Ne revenons pas là-dessus, je t'en prie.

Elle avança le fauteuil, comme pour pouvoir parler plus bas, en confidence.

— Je me suis renseignée. Cette femme est un *cas*.

— Tu t'es renseignée où ?

— Tu n'as qu'à demander au psychiatre de l'ambassade.

Il la regarda d'un air hagard, convaincu qu'elle avait cette fois vraiment perdu la raison.

— Tu sais très bien qu'il n'y a pas de psychiatre de l'ambassade.

— Je veux dire : l'ambassade britannique. C'est Lana qui m'a donné le tuyau. Elle consulte régulièrement le docteur Stirling pour une cure, trois entretiens par semaine, pour des complexes que lui donnent ses dents, et elle lui fait une confiance

97

absolue. Elle lui a parlé de Mlle Martin, à ma suggestion. Il a tout de suite vu de quoi il s'agissait. Il ne demande d'ailleurs qu'à voir la malade.

— Non, Diane, ce n'est pas vrai ! Assez !

— Il paraît que c'est une affaire d'hypothalamus.

— Quoi ?

— Une partie intime du cerveau, très vulnérable.

— Mais enfin de quoi tu te mêles ?

— Ces femmes-là ne peuvent pas résister à certaines pulsions. Et elles finissent par être totalement dépendantes. Les lectures systématiques ne font qu'aggraver la névrose obsessionnelle. Tout cela ne serait rien et ne regarderait en fait qu'elles-mêmes, si elles n'étaient en outre dangereuses.

— Dangereuses ?

— Par le harcèlement perpétuel qu'elles exercent sur…

— Sur ?

— Sur les… autres.

— Tu veux dire qu'elle est hystérique, nymphomane, quoi encore ?

— Oui.

Il haussa les épaules.

— Elle n'est pas la seule.

— Certainement la seule dans la diplomatie. Et à l'étranger de surcroît. Sous les yeux de gens qui nous guettent tous les jours.

— Bon, très bien, j'ai vu, j'ai lu, je t'ai entendue ! dit-il, manifestant une certaine impatience.

Mais elle ne désarmait pas.

— Que comptes-tu faire ?

— Que veux-tu dire ?

— Tu ne vas pas rester passif ? Tu as vu ce qui est arrivé avec Charles Mainguy l'autre jour ?

— Je n'ai rien vu du tout, je n'étais pas là. De toute façon, tu ne supposes pas que je suis chargé de la police des mœurs ?

A ce moment-là entra la secrétaire du conseiller, munie d'un parapheur. Elle venait lui faire signer quelques lettres urgentes. Elle parut surprise de trouver son épouse dans le bureau, mais elle réprima très vite son étonnement sous un sourire protocolaire, s'excusant de troubler un entretien qu'elle devinait important. D'Andelot fut très contrarié de l'intermède.

— Tu me mets dans des situations impossibles, dit-il quand la secrétaire fut sortie. Dieu sait ce qu'elle va imaginer !

— C'est *moi* qui te mets dans des situations impossibles !

Comme il voyait que décidément il n'arriverait jamais à en finir, il feignit de se rasséréner et adopta un ton calme. Il quitta son bureau et vint s'asseoir sur un des accoudoirs du fauteuil libre en face de celui de sa femme, avec une sorte de désinvolture de composition.

— Je ne dis pas que tu aies tout à fait tort et que ces textes ne soient pas… troublants… gênants…, mais Martine Martin exerce ses fonctions correctement, à la satisfaction de tous, et de plus je ne vois rien dans ses fréquentations qui puisse laisser à redire.

— Tiens !

— Quoi ?

— Elle est tout le temps avec Grimberg.

— Ça alors ! C'est son patron direct. Il est tout de même normal qu'ils travaillent ensemble.

— Ils ne font pas que travailler. Ils sortent tout le temps. On les a vus encore l'autre jour en train de se promener, à la Targa.

Ici, le premier conseiller ne put s'empêcher, calé sur son accoudoir, de prendre une mine réjouie et de manifester une sorte de contentement triomphant.

— De toute façon, l'exemple est on ne peut mieux choisi, quand on connaît Grimberg. Je n'ai rien à t'apprendre sur… ses inclinations, j'imagine.

— Justement.

— Justement quoi ?

— Ces femmes recherchent toujours la compagnie des homosexuels…

Il l'interrompit d'un geste sec, la priant de baisser la voix : la secrétaire pouvait revenir d'un moment à l'autre. Mais elle n'était pas près de s'arrêter.

— Là encore, je me suis renseignée. Ils leur servent d'alibi. C'est à la page 72 du livre du docteur Ellis, *Nymphomanes et hypersexuelles*. Tu vas voir.

Elle sortit de son sac un livre d'apparence usée, à la couverture grise, qu'elle feuilleta fébrilement, jusqu'à ce qu'elle eût trouvé le chapitre recherché. Il commençait par ces observations qu'elle lut : "J'ai eu, ces dernières années, à étudier de près plusieurs couples qui étaient composés d'un homosexuel et

100

d'une nymphomane. Il s'agit du couple névrotique par excellence…"

— Bien, bien, dit le conseiller, j'ai compris.

Puis, tout d'un coup, comme si le soupçon le visitait :

— Mais où as-tu pris ce livre ?

— Je…

— Pas dans sa bibliothèque à elle, par hasard ?

L'idée venait de lui traverser la tête que c'était peut-être sa femme qui avait fait faire les incroyables photocopies, que peut-être elle était allée clandestinement, grâce à de secrètes complicités, chez Martine pour se livrer à une sale besogne d'espionnage et de délation. Il en éprouvait tout d'un coup une vraie nausée.

— Je t'ai dit que c'était Lana.

— Quoi, Lana ?

— Qui m'avait fourni cette documentation. Son psychiatre est réellement informé là-dessus.

Cette fois, il eut vraiment envie de se débarrasser de son épouse.

— Eh bien, envoie Mlle Martin chez ce psychiatre ! Soit !

Il la prit par les épaules et la poussa vers la porte. En revenant à son bureau, il faillit, dans son irritation et sa mauvaise humeur, mettre une des deux photocopies, qui traînaient parmi ses papiers, à la place du message qu'il envoyait par fax au Quai d'Orsay. Il rectifia à temps.

Martine est restée chez elle ce matin. Depuis une semaine, il règne une chaleur sèche. On est entré dans une saison où tout se ralentit, y compris le rythme du cerveau. Elle essaie pourtant de travailler, d'écrire, de mettre de l'ordre dans ses notes, de donner une forme rédigée à quelques-uns de ses brouillons. Le centre culturel est plutôt en sommeil en ce moment, à l'approche de l'été, et elle voudrait bien profiter des loisirs que lui laisse cette activité réduite pour se réinstaller un peu dans son état d'esprit d'agrégative. Ne pas devenir trop vite une fonctionnaire, continuer à exister intellectuellement : elle s'efforce, s'obstine. Le bruit régulier du ventilateur la gêne (elle a demandé, il y a encore un instant, à Majid de le régler, il a fait ce qu'il a pu, mais on dirait maintenant que la moindre tâche le rebute et il n'est plus possible de tirer de lui une parole), il serait temps qu'on la fasse bénéficier d'un vrai système de climatisation, mais ce n'est pas le moment de demander une faveur quelconque à l'ambassade. Elle essaie de se concentrer. Elle n'est vêtue que d'un long tee-shirt blanc portant l'inscription *pink cheyenne*, qui lui descend jusqu'à mi-cuisses et pourrait bien être prise, par un observateur fortuit, pour une lycéenne appliquée.

En fait, elle s'applique à suivre la logique d'un article qu'elle découvre dans une revue que son amie Blanche vient de lui envoyer en exprès et qui expose une méthode d'analyse du récit érotique. L'auteur propose d'abord d'appeler ce genre d'écrit texte *érographique* et *érographie* l'acte d'écriture qui le produit. Il suggère ensuite de tenir compte de ce qu'il appelle le *narrant* et le *surnarrant* pour définir, dans ce type d'œuvre, des *focalisations* permettant de faire les distinctions suivantes : le *pornographique*, l'*érotique* proprement dit, le *"roman d'amour"*. Martine rêve. Tout cela exerce sur elle une séduction un peu formelle qui l'invite à sourire, mais elle est très satisfaite de voir qu'un universitaire savant et certainement très théoricien de la littérature, enseignant dans une grande université américaine de surcroît, à ce qu'indique une note à la fin de l'article, prend au sérieux ce qui est l'objet même de son étude. Voilà qui la venge un peu. La rassure aussi. La conforte dans son entreprise. Si au moins ces messieurs-dames du monde diplomatique pouvaient se rendre compte. Mais ce n'est pas leur affaire, ni leur problème, encore moins leur langage. Est-ce le sien d'ailleurs ? Peu probable. Mais il faut bien qu'elle accepte les outils de son travail. Elle soupire. Il fait chaud. Elle se souvient de l'époque où elle peinait sur ses devoirs d'écolière.

Elle entend Norfa qui déplace des objets dans la cuisine, qui glisse sur ses babouches silencieusement, mais pas assez silencieusement pour que cela soit rassurant. Il y a dans la maison quelque chose de feutré, d'insidieux, qui la trouble de plus en plus. Cela se précise de semaine en semaine et elle se sent parfois comme ligotée de fils invisibles qui tisseraient autour de sa personne un réseau subtil. Le moindre bruit de pas lui donne cette impression. Quelque chose rôde autour d'elle, s'insinue.

Le stylo à la main, elle lève les yeux vers le mur de droite, décoré d'une merveilleuse reproduction de Balthus, emportée dans ses bagages, et se sent prise tout d'un coup d'une curieuse inquiétude. Si l'on avait placé des micros là, dans le mur, sous le tableau peut-être… La petite fille de Balthus, avec son visage de poussière ocrée et sa chemisette haut retroussée, semble la regarder d'une manière insolente, comme si elle lui lançait le défi de son impudicité tranquille. Martine se remet à écrire. Quelques lignes de son écriture penchée, très régulière. Elle s'arrête de nouveau et cette fois, regardant les étagères qui sont devant elle, laisse capter son attention par autre chose : on dirait qu'il y a un creux, un trou, un vide, là, dans la bibliothèque. Elle se lève, va voir. Il manque au moins deux livres, à voir la façon dont penchent ceux qui sont en place. Qui les aura retirés ? Pas elle, en tout cas. Mais elle n'en est pas si sûre. Elle regarde sur sa table, soulève, secoue ses papiers. De toute façon, elle se souviendrait. Elle remue les coussins des fauteuils, du sofa. Elle va voir dans sa chambre. Mais les livres qui sont là sur sa table de nuit sont bien ceux qu'elle avait sortis, pas ceux qui manquent. Ou celui qui manque, car, à bien évaluer le vide, peut-être n'y a-t-il qu'un seul absent. Elle fait un effort de mémoire. Il lui semble bien que c'était *le Roi des fées* de Cholodenko qui était à cette place. Qui aurait eu intérêt à prendre *le Roi des fées* ? Ou alors ?… Toujours le soupçon. Encore des photocopies nouvelles…

Elle appelle Majid, lui demande si personne n'est venu. Il fait signe que non, de la tête, mais en même temps il ne peut dissimuler une expression navrée, presque douloureuse. Il n'a jamais été aussi beau, d'aussi fière stature. Elle s'approche de lui, pose une main à plat sur son torse. Elle a l'impression de sentir battre son cœur à travers l'étoffe légère et bien repassée de sa gandoura. Elle met sa joue maintenant à la même place. Elle sent une humidité perler sur sa peau, larmes ou sueur elle ne sait pas.

A ce moment précis, le téléphone sonne. Martine décroche et a la surprise d'entendre la noble voix du cheikh Abdul Hammad qui lui demande s'il ne commet pas une grave indiscrétion en l'appelant chez elle, directement. Elle est un peu étonnée qu'il connaisse son numéro privé, mais elle se dit ravie de l'entendre, prête à l'écoute. Sur un ton enjoué, il lui répond qu'il est très déçu de n'avoir pas encore reçu sa visite, qu'il l'attend toujours en son palais. Comme elle est un peu décontenancée, il change de registre et lui fait savoir qu'il n'a pas l'habitude d'attendre. Elle ne sait pas très bien s'il est sérieux ou non, s'il menace, provoque ou s'amuse, mais la voix dans le récepteur a quelque chose d'assez autoritaire, même s'il déclare maintenant, avec une suavité exquise cette fois, mais sûrement feinte : "Vous savez que vous avez une réputation flatteuse." "Ah, réplique Martine, tiens… non, je ne savais pas…" Cela lui paraît tellement drôle tout d'un coup qu'elle accepte le principe de sa visite au palais, et même une date, un rendez-vous précis. Elle note cela sur son agenda, tandis que la communication s'achève et qu'elle raccroche. Eh bien, se dit-elle, me voilà bien ! Cela promet !

A peine en a-t-elle fini du téléphone qu'on sonne à la porte. Norfa va ouvrir. C'est Lana, de l'ambassade américaine, qui se présente. Elle fait mille compliments sur la villa (où elle est déjà venue deux ou trois fois pourtant), sur la décoration des murs, les reproductions, les photos, les livres.

— Que de bouquins ! dit-elle. Quelle capacité de travail !

Martine la fait asseoir, l'écoute.

— Justement, dit-elle. Je crois que vous travaillez trop, chère Martine.

— Qu'est-ce qui vous fait penser cela ?

— On le dit, on le dit. On sait tout, vous savez, dans notre misérable univers. Vous devriez apprendre à vous relaxer. Vous faites du sport au moins ? Du tennis peut-être ? Du jogging ?

— Non.

— Moi, j'en fais chaque matin autour des pelouses de l'ambassade. Je ne vois pas comment je pourrais m'en passer. Mais il n'y a pas que cela.

— Qu'y a-t-il encore, Lana ?

Elle paraît avoir du mal à poursuivre.

— Il y a aussi la détente psychique. C'est très important.

— Le yoga ?

— Non, non. Ce n'est pas de cela que je parle. Je parle vraiment de psychologie.

— Ah !

106

— Je suis sérieuse, Martine, vous devriez consulter.

— Consulter ? Quoi ? Qui ?

— Un psychiatre.

— Merci du conseil.

— Conseil, oui. Justement je peux vous en conseiller un.

— Et lequel ?

— Le docteur Stirling. Vous avez certainement entendu prononcer son nom. Il parle français couramment. Il vous aidera.

Elle a dit : "Il vous aidera" avec un air de commisération presque pathétique. Tout d'un coup elle prend les mains de Martine et les serre dans les siennes.

— Essayez. Le docteur Stirling est un modèle de compréhension et d'efficacité. C'est vraiment l'homme qu'il vous faut.

Martine ne peut s'empêcher de rire intérieurement. La phrase : "C'est l'homme qu'il vous faut" résonne en elle de la manière la plus drôle. Mais Lana l'agace sérieusement. De quoi se mêle-t-elle ? Qui l'envoie ? Elle lui offre à boire un alcool un peu sec auquel elle la sait sensible pour l'amener à parler d'autre chose, la supporte un moment, puis la met à la porte en invoquant son travail.

Revenue à ses papiers, elle a envie d'écrire à Pierre Cas. Sa lettre est courte, mais nette :

"Cher professeur,
Je suis au travail, mais je suis accablée. Dans la même journée un émir me sollicite et une Américaine

veut m'expédier chez son psychiatre. Il faut croire que je tourne mal ou qu'il y a vraiment quelque chose qui m'échappe, ne va pas bien. Tout cela à cause de tes «directions de recherche» pernicieuses et des orientations de lecture que tu m'as fourrées dans la tête. Je me perds à cause de toi. Ou plutôt les autres vont me perdre. Je sens le péril se confirmer de jour en jour. L'épée est au-dessus de ma tête. L'autre jour, l'ambassadeur m'a convoquée pour me dire qu'on était très satisfait de mes services, mais qu'il serait bien que j'aille de temps en temps faire des missions dans des pays voisins. J'ai eu l'impression que c'était une façon de se débarrasser de moi. De me faire prendre du champ, du large. Il a parlé de l'Irak, de Bagdad. Je me suis déjà documentée sur cette ville. Il paraît que c'est de son nom que vient le mot *baldaquin*. Des lits *à baldaquin* ! De quoi rêver, non ?

Je ne sais pas comment noyer un certain cafard. En vous embrassant, si vous le permettez, peut-être."

Le palais du cheikh Abdul Hammad, au milieu d'un parc planté d'orangers, était entouré de ruisseaux, comme si on avait voulu le séparer du reste du monde. Martine, pour y accéder, dut traverser un petit pont à colonnes où retombait en gouttelettes la fine pluie de plusieurs jets d'eau. Elle eut l'impression d'un baptême, d'un rite qu'on lui imposait. Mais grande fut sa surprise lorsqu'elle vit s'avancer à sa rencontre, sur l'immense perron de marbre, Abdul lui-même. Il la prit galamment par la main.

— J'espère que vous ne vous êtes pas trop mouillée, dit-il. Ce n'est pas une mauvaise farce. C'est un signe de bienvenue. Fécondité et abondance.

Comme elle se taisait et regardait les lieux, apparemment admirative et même éblouie :

— D'ordinaire, ce sont mes gardes qui font visiter. Il est exceptionnel que je me dérange moi-même. Vous verrez très vite que ce palais est un véritable musée. Il est normal qu'il soit ouvert aux hôtes de qualité. Mais vous conviendrez aussi que je ne peux passer mon temps à recevoir. Pour vous, c'est différent.

— Je croyais que vous écartiez les diaboliques femmes françaises.

Il fut surpris de son arrogance.

— Ne soyez ni cruelle ni ironique. Attendez.

— J'attends.

— Je ne sais quel ordre vous proposer pour la visite. Mais peut-être souhaiteriez-vous d'abord quelque rafraîchissement ?

— Non merci.

— Ou quelque gourmandise ? Un citron confit ?

— Plus tard.

— Alors, suivez-moi. Nous allons commencer par l'extérieur. Le parc zoologique.

Il se reprit pour préciser :

— En fait, ce n'est ni l'extérieur ni l'intérieur. Tout communique ici. Il y a un dédale de galeries à faire frémir une néophyte des labyrinthes. Et comme elles sont vitrées, on ne sait jamais si on est dedans ou dehors.

Effectivement, le parc zoologique, relié par un long couloir à l'aile gauche du palais, avait des allures de serre. C'était un univers de glaces, les cages ressemblaient à des boîtes vitrées et les animaux que l'on y voyait paraissaient maintenus dans une propreté aseptisée. Çà et là pourtant un peu de verdure que l'on aurait dite artificielle.

— C'est un petit parc, dit-il. Ne vous attendez pas à voir des éléphants ni des girafes. Mais il y a des gazelles, et même un lynx. Venez.

Il lui fit admirer le lynx. Il l'invita à caresser la gazelle à travers une ouverture pratiquée dans la vitre protectrice. L'animal s'approchait, se laissait faire, comme habitué aux cajoleries. On arriva ensuite devant les singes.

— Passons vite, dit Abdul. Ils sont dégoûtants, obscènes.

Il lui proposa d'éviter aussi les serpents et les araignées, pourtant d'espèces fort rares, insista-t-il. Il préférait qu'elle s'attardât au spectacle des tortues. Il semblait très fier de ses tortues. On leur avait aménagé une sorte de pièce d'eau ovoïde qu'éclairaient des spots, au milieu de fausses roches. Cela toujours sous vitres.

— Regardez celle-ci, dit-il. Un mètre de long, deux cents kilos. Vous n'en verrez pas souvent de semblables. C'est une tortue carnassière, unique en son genre. Mais le goût de la chair n'empêche pas le sens esthétique. Cette tortue est belle et se sait belle. Observez la carapace.

C'était une carapace d'une écaille très luisante et striée de formes géométriques, carrés et losanges, d'une régularité presque parfaite. Comme pour se manifester aux yeux de Martine, elle fit apparaître une sorte de bec corné.

— Cette étrange bête a pour moi beaucoup de prix, mais je la sacrifierais bien pour vous. Pour vous seule. Si son écaille par hasard vous faisait rêver. On pourrait y tailler… je ne sais… des bracelets… des pendentifs… un collier peut-être.

Il fit un pas vers Martine et, d'un geste large de son bras, fit mine de lui accrocher un collier au cou, effleurant au passage du bout des doigts ses épaules.

— A moins que vous ne préfériez une cuirasse ?

Comme elle restait silencieuse, observant la tortue qui sortait et rentrait son bec.

— Une cuirasse pour vous protéger, ajouta-t-il.

— Merci de votre prévenance.

Il lui fit faire encore quelques pas dans le zoo, puis l'invita à passer dans une galerie de l'intérieur du palais où se trouvaient accrochés des masques.

— Des masques après des animaux, dit-il, c'est tout à fait dans l'ordre. Vous allez remarquer qu'ils évoquent souvent des mufles ou des groins. Ou alors des thèmes animaliers liés à un symbolisme humain. Celui-ci par exemple : des cornes d'antilope sur une tête de femme.

Il s'agissait d'un beau masque très travaillé, découpé dans une sorte d'acajou luisant, dont il expliqua qu'il était d'origine buyide, mais avec une influence africaine marquée.

— Très intéressant, dit-elle.

Il en montra encore deux ou trois autres, offrant chaque fois des commentaires dignes d'un guide professionnel. S'arrêtant un peu plus longuement sur une étrange figure ovale, d'un brun rougeâtre, marquée d'une fente en son centre :

— Il y a aussi, vous le voyez, des exemples de symbolisme sexuel pur et simple. Ici, de symbolisme sexuel féminin.

— Vous devriez le brûler, dit Martine.

Il ne put dissimuler un mouvement de colère contenue.

— Nous sommes dans le domaine de l'art. Pas dans celui du mercantilisme.

Puis, se tournant vers elle et la regardant bien en face :

— Vous n'êtes pas très indulgente avec moi, chère mademoiselle Martin. Vous avez tort. Je pourrais vous offrir beaucoup de choses très agréables. Par exemple l'usage d'une piscine où vous viendriez vous rafraîchir tous les jours, si vous le souhaitiez. Venez voir.

Il la reprit par la main et la conduisit vers une salle basse, dont la porte à deux battants s'ouvrait sur un rideau cramoisi. Il souleva le rideau.

— Regardez.

Elle vit un grand bassin entouré d'un cercle d'or plaqué où se baignaient des femmes.

— Je rêve ! dit Martine.

Mais déjà la plupart de ces femmes s'enfuyaient, drapant à la hâte leurs corps nus d'odalisques dans

112

de longues serviettes. On aurait dit qu'il y en avait de tous les âges.

— Si vous voulez les rejoindre, dit Abdul Hammad, je vous fais apporter sur-le-champ un maillot.

Il s'apprêtait déjà à frapper dans ses deux mains, comme pour donner un ordre, appeler des servantes. Martine le retint.

— Je vous en prie. Vous êtes trop bon. Mais je ne les rejoindrai pas.

Ils sortirent assez rapidement de la vaste salle, d'où semblaient s'élever maintenant des vapeurs d'encens, formant un écran tel que Martine eut le sentiment que le spectacle qu'elle avait eu sous les yeux s'évanouissait peu à peu dans un brouillard d'irréalité. Abdul referma la double porte avec précaution.

— Et maintenant, dit-il, la bibliothèque. Elle vous intéressera particulièrement.

— Pourquoi ?

— Tout simplement parce que je sais que vous aimez les bibliothèques.

— Vous connaissez celle du centre ? Vous m'y avez fait envoyer des fleurs.

— Vous ne m'en avez jamais remercié.

— C'est vrai.

— Eh bien, remerciez-moi aujourd'hui !

Il s'arrêta, se rapprocha d'elle, l'enlaça. Elle l'écarta doucement.

— Je vous demandais si vous connaissiez la bibliothèque du centre.

— Non, mais j'ai entendu parler de la vôtre.

Elle sursauta. Il ajoutait déjà :

— Je sais très bien à quel genre de livres vous vous intéressez. La collection que je vais vous montrer vous en offrira de nombreux exemples. Malheureusement ils sont en arabe…

— Je ne désespère pas d'apprendre un jour cette langue.

La bibliothèque qu'il lui présenta était en effet somptueuse. De nombreux ouvrages aux reliures de cuir repoussé se serraient sur les rayons. Les caractères arabes donnaient à l'ensemble une allure d'exposition de motifs calligraphiques. Il y avait aussi des rouleaux, des manuscrits précieux rangés sur de hautes étagères.

— Et maintenant le plus beau ! dit Abdul.

Il la fit passer dans une salle voisine où se trouvait alignée aux murs une suite de carreaux de faïence représentant des scènes des *Mille et Une Nuits*.

— Justement, dit Martine, je m'intéresse à ce chef-d'œuvre.

— Je m'en doutais. Je ne vous apprendrai donc rien en vous disant qu'il n'aurait jamais existé si Shahriyar n'avait pas changé de femme chaque nuit. Voilà comment naissent les grands monuments de la culture humaine.

Elle eut envie de faire part à son interlocuteur de ses idées concernant les eunuques, mais préféra les garder pour elle, craignant de s'engager dans une discussion qui tournerait à l'avantage du cheikh. Il avait visiblement envie de la prendre au piège de ces histoires de sultanes. Elle préféra se montrer admirative et porter son attention sur la beauté des carreaux. Ils étaient d'ailleurs magnifiques, avec leurs jaunes vifs, leurs encadrements bleus, la richesse et la diversité de leurs motifs, qui évoquaient la mer, des bateaux, des cavernes, des lampes, des tapis, des tentes, tout cela un peu figé, un peu froid, mais d'une admirable précision de détails.

— Il faudrait de longues heures, n'est-ce pas, pour regarder tout cela de près. Revenez quand vous voulez.

— Je reviendrai peut-être.

— Mais pour ce soir, restez.

Il la prit dans ses bras et essaya de l'embrasser. Elle se déroba. Il eut un frémissement d'impatience.

— Bon, dit-il, que voulez-vous voir encore ?

— Je ne sais pas.

— Dans la galerie voisine, il y a des Dufy, des Braque, des Nicolas de Staël. Mais cela ne vous apprendrait rien.

— Vraiment ? Vous pourriez peut-être les prêter à notre centre pour une exposition.

— Je ne prête pas.

Il avait dit cela sur un ton de très réelle irritation. Ces mots voulaient sans doute dire : "Je n'ai pas l'habitude de donner, mais de recevoir, de prendre." Et, aujourd'hui, il se produisait un fâcheux manquement à l'usage. Martine sentit que cette irritation était dangereuse et qu'il valait mieux mettre un terme à la visite. Le guide, tout à l'heure si zélé, ne semblait plus d'ailleurs avoir tellement envie de poursuivre. Il n'avait même pas la politesse d'évoquer la confiserie qu'il avait promise une heure plus tôt. Son humeur avait tourné.

Martine crut pourtant bon de lui faire son plus beau sourire, accompagné d'une légère inclination de tête, en prenant congé. Il ne lui baisa même pas la main.

Par défi autant que par jeu, Martine se présenta un matin chez le docteur Stirling. Elle n'avait pas d'antipathie particulière pour les psychiatres et celui-ci, avec sa grande taille, sa chemisette de tennisman, ses lunettes finement cerclées et son allure très *british*, lui inspira tout de suite une confiance teintée d'amusement.

— Oh oui, dit-il d'emblée dans un français à peine marqué d'un très léger accent, on m'a parlé de vous ! Bien sûr, bien sûr.

On aurait dit qu'il était sur le point d'éclater de rire, que cette visite lui paraissait vraiment très drôle.

— Et qu'est-ce qu'on vous a dit ?

Il eut un geste de la main, comme pour balayer beaucoup de choses qu'il ne voulait pas évoquer.

— Ne vous en occupez pas. De toute façon, chez les Anglais tout le monde est malade. Chez les Français, je ne sais pas.

Il la regarda bien en face pour ajouter :

— Mais sachez que les changements de climat et de latitude ont parfois des conséquences incroyables

116

sur nos comportements. On m'a dit que c'était votre premier poste à l'étranger. Donc, vous ne pouvez pas vous rendre encore vraiment compte. C'est le syndrome de l'exil, aggravé de celui de la transplantation. Nos tendances les plus enfouies tout d'un coup s'exposent, comme on s'expose au soleil. Vous comprenez. Et dans ces pays du Proche-Orient où le soleil nous enveloppe, ces pays qui sont des fournaises, des chaudières en ébullition, des poudrières, non seulement sur le plan climatique, mais, hélas ! sur le plan politique, le syndrome peut prendre des proportions tout à fait imprévues. Voilà ce qui vous arrive. C'est aussi simple que cela.

— Mais que m'arrive-t-il ? Je n'ai pas encore ouvert la bouche.

— Si vous voulez dire que c'est à moi de me taire et d'écouter, répliqua-t-il un peu piqué, vous avez raison. Donc, je me tais et je vous écoute.

— Que voulez-vous que je vous dise ?

— Ah, écoutez, chère mademoiselle… comment déjà ?… Martin…, c'est vous qui êtes venue ici, de votre plein gré, spontanément. Alors…

Il ne la regardait plus maintenant, comme s'il voulait la laisser libre de parler à son aise. Ses yeux, à travers ses verres, plongeaient dans les papiers éparpillés devant lui et ses longs bras qu'il avait étendus de part et d'autre de son bureau lui donnaient l'air d'un grand oiseau souple. Mais il y avait de l'élégance dans cette nonchalance désinvolte. Il attendait. Martine attendait aussi.

— Je n'ai rien à dire.

Il se leva, vint vers elle, lui offrit sa main.

— Voulez-vous que nous allions vers le divan ?

— Quel divan ? demanda-t-elle un peu troublée.

— Celui que vous voyez là.

— Non, dit-elle, je ne crois pas que ce soit nécessaire.

— Rien n'est jamais nécessaire. Mais l'analyse étant une "fausse situation", comme le dit Lacan, *Séminaire*, livre VIII, ne l'aggravez pas par une situation incorrecte de votre corps. Etendez-vous et décontractez-vous.

— Non.

Il rajusta ses lunettes, comme stupéfait de cette rébellion. Puis, avec une moue très anglaise :

— Well. OK.

Martine prit un instant pour rassembler ses pensées.

— Je vois que vous citez Lacan, dit-elle.

— J'ai fait mes études à Paris, mademoiselle Martin. Vous ne m'avez même pas félicité de mon français.

— Lana m'en avait fait l'éloge. Donc, je n'ai pas été surprise. Mais dites-moi, Lacan est une chose, la position incorrecte de mon corps en est une autre. Qu'avez-vous voulu dire ?

— Rien d'autre que ceci : vous seriez plus à l'aise allongée. C'est votre attitude naturelle, non ?

Elle bondit littéralement de sa chaise. Le *British* passait-il de la désinvolture à la goujaterie ?

— Ne vous fâchez pas. Vous ne m'avez pas compris, vous ne savez pas ce que je veux dire. Mais votre *corps sait*, lui.

— Expliquez-vous.

— Eh bien… voyez… je ne l'ai pas fait exprès du tout… *Corset !* Vous êtes sûrement le contraire d'une femme corsetée.

Décidément son français était d'une subtilité incomparable. Elle le regarda avec une expression d'irrésistible stupeur. Il s'était remis à rire.

— Vous vous moquez de moi, dit-elle.

— Pas du tout, je veux vous aider.

Il avait brusquement changé de ton, prenant même une mine grave. Il s'empara d'une chaise et vint s'asseoir près d'elle.

— C'est une affaire de compulsion et cela se traite.

— De quoi parlez-vous ?

— Vous le savez bien. Dans les comportements compulsifs il y a un élément génétique, j'en suis persuadé. Mais, Dieu merci, il y a autre chose. Le lieu et le moment peuvent être essentiels. C'est pourquoi j'insistais tout à l'heure sur les… résonances de cette région du monde. Voyez Théodora, la femme de Justinien, et l'épouse de Putiphar. Ces vieilles histoires de l'Orient sont pleines d'enseignements. Mais à l'époque, on ne savait évidemment pas ce que pouvait être la rationalisation des émotions sexuelles. Aujourd'hui nous savons que c'est une thérapie décisive.

Il avait repris son rire un peu perché, comme si ce qu'il disait n'était pas tout à fait sérieux.

— Je souffre de désordre émotionnel ? repartit Martine.

— Je ne sais pas. C'est à voir. Je ne vous connais pas.

— Alors…

— Alors, disons que certaines femmes souffrent de cela. D'où cette fuite en avant.

— Fuite de quoi ?

— Eh bien… ces lectures…

— Vous êtes bien renseigné.

Il marqua une hésitation.

— Oui, en effet.

— Je vois, dit Martine. Et donc vous pensez m'aider à remettre de l'ordre dans tout cela ?

— Tout dépend de votre coopération.

Elle prit tout d'un coup un air dépité.

— Moi qui me croyais rationnelle !

— Il y a une rationalité apparente qui peut être morbide, en particulier dans votre cas. C'est l'autre, la vraie, qu'il faut atteindre. Celle qui brise la servitude, la dépendance.

— Je ne comprends plus très bien.

Il paraissait lui aussi décontenancé tout d'un coup. Il se mit à parcourir la pièce à grands pas, prenant au passage un gros livre sur ses rayons, une sorte de volumineux traité qu'il feuilleta avec nervosité, comme s'il cherchait la clé d'une énigme ou la vérification d'un terme.

— *Something faddy, really symptomatic…*, disait-il comme pour lui-même.

Il remit le volume à sa place, revint à son bureau, s'empara d'une bouteille d'eau minérale qui s'y trouvait, se servit un grand verre, le but d'un trait.

— Peut-être, dit-il, soudain presque pathétique, souffrez-vous simplement d'un très grand besoin d'amour.

— Ah ! fit Martine.

Il se tut un long moment, se servit un nouveau verre… On aurait dit qu'il cherchait à se donner du courage, que c'était lui qui était à soigner maintenant.

— C'est là que je peux vous aider, dit-il en prononçant péniblement chaque mot. *You see ?*

Martine restait muette. Il revint s'asseoir près d'elle, lui prit une main.

— Vous êtes très charmante, très plaisante, vous savez.

Martine ne voulut pas se presser de répondre. Mais, malgré elle, le comportement compulsif prit le dessus.

— Vous aussi.

— Vraiment ?

— Vraiment.

Avec sa petite chemise à rayures, ses yeux vifs derrière les reflets de ses lunettes, son côté grand adolescent *healthy*, il avait l'air en effet tout à fait sympathique.

— On m'avait assuré, dit Martine, que vous étiez un psychiatre sévère.

— Sévère et sérieux. Prêt à payer de sa personne pour votre bien.

Ce fut au tour de Martine de rire et de lui prendre la main.

— Je crois que votre thérapie me sera très précieuse.

A force d'entendre dire qu'elle couchait avec tous les hommes, Roger d'Andelot fut saisi, à l'égard de Martine, d'un étrange malaise. Etait-il la seule exception ? Le seul exclu ? Il se posait la question d'une manière semi-consciente, n'étant pas par nature tellement porté sur la matière du sexe, mais ne pouvait s'empêcher de constater que l'idée lui revenait à l'esprit d'une façon assez obsessionnelle. Peut-être davantage pour des raisons d'amour-propre et de préséance que par exigence de sensualité. Cela était d'autant plus curieux que, depuis plusieurs mois, tout était relativement calme dans le petit cercle de la vie diplomatique : les rumeurs s'étaient tues, aucun événement particulier n'avait défrayé la chronique, aucun scandale n'avait été livré aux chuchotements. Tout se passait comme si Martine s'était pliée aux avis de prudence qu'on lui avait donnés. Grimberg, devenu véritablement son mentor, exerçait, semblait-il, sur elle une influence des plus positives : en lui accordant sa confiance, en l'associant aux plus réelles responsabilités, en lui offrant la chance de manifester ses talents, en se faisant oublier d'elle comme chef de service pour se montrer ami chaleureux, il lui permettait de réaliser le meilleur d'elle-même. Dans le travail du moins. Pour la vie privée, on en parlait beaucoup moins, même du côté de Diane d'Andelot.

L'accalmie fut, hélas, de courte durée. Et le premier conseiller, aux approches de la saison brûlante, se trouva dans le cas de prendre toute la mesure du malaise qui l'habitait. Ce fut à l'occasion de la fête du 14 Juillet, à l'ambassade. Les esprits étaient échauffés, non seulement par l'accablement de la saison, mais par toutes sortes de bruits qui couraient sur la conjoncture politique : on parlait d'obscures opérations qui se jouaient sur les cours du pétrole dans des pays voisins, de brusques poussées de fièvre boursière, de manœuvres souterraines qui se déroulaient en Irak où les milieux américains véhiculaient des informations contradictoires sur certaines intentions que l'on prêtait au chef de l'Etat, tout cela dans un tissu de dépêches d'agence, de télégrammes de presse, de coups de téléphone, d'informations et de désinformation qui énervaient les plus blasés. C'est pourquoi on décida de faire de la célébration de la "fête nationale" un événement brillant qui réchaufferait les esprits et les cœurs, réconcilierait tout le monde, ramènerait à la France tous les interlocuteurs et partenaires avec lesquels elle souhaitait dialoguer dans le pays. Plusieurs acceptèrent l'invitation. Mais certains se récusèrent. Notamment cheikh Abdul Hammad, ce qui ne fut pas interprété comme un très bon signe.

— C'est à cause de toi, dit Grimberg à Martine.

— C'est son affaire.

— Je te suggère en tout cas d'être ce jour-là conviviale et splendide avec les autres. Parée de tes plus beaux atours. Nous avons besoin de rehausser notre prestige.

Martine suivit si bien la suggestion et se para si bien qu'elle arriva au bal de l'ambassade dans une jupe à corolle mauve qui lui prenait la taille de la manière la plus élégante, faisant ressortir son buste serré dans un chemisier de soie blanche très échancré, un collier de corail autour du cou, des plaques d'argent aux oreilles. C'était la première fois de sa vie qu'elle participait à une fête d'un tel niveau : elle voulait s'en montrer digne. Elle se trouvait tout d'un coup à mille lieues de sa vie studieuse, de son passé, de sa condition d'enseignante provinciale, de ses lointains camarades de recherche. Entraînée dans le tourbillon d'un grand bal diplomatique qui était comme la manifestation éclatante de son appartenance au monde nouveau où elle avait été projetée.

Le parc était plein de lumières. Des lampions, des projecteurs, des drapeaux. Autour de la longue table du buffet, couverte de pâtisseries, de cédrats, de grenades, de figues confites, de sorbets, de crèmes d'amandes, de liqueurs multicolores et de bouteilles de champagne, des vestes blanches, des tuniques, des turbans, des robes moirées. Un orchestre arabe qui jouait des valses françaises. Les invités avaient bavardé longtemps par petits groupes, le verre en main, avant de se laisser entraîner par les rythmes de la musique dispensée, comme si les exigences de la bonne tenue diplomatique devaient refréner un temps leurs élans avant qu'ils ne cèdent à l'entrain de la fête. On entendait parler anglais, français, arabe, espagnol, yiddish. Puis, tout d'un coup, ce beau monde était entré dans la danse, l'ambassadeur en personne étant venu ouvrir le bal.

Roger d'Andelot l'accompagnait. Il avait une mine bizarrement réjouie, qui s'expliquait peut-être par le fait que sa femme était partie en France quelques jours auparavant pour rejoindre leurs enfants à la campagne à la veille des vacances d'été et que sa situation de "célibataire" rendait son humeur plus disponible, malgré les tracas administratifs du moment. Il paraissait même rajeuni, avec son veston clair, son nœud papillon bleu. Il ne manqua pas d'adresser à Martine un sourire qui se voulait charmeur, l'invitant à participer à la fête de tout son allant.

Elle y participa en effet avec la flamme de sa jeunesse et tout, dans cette brillante soirée, se serait déroulé pour le mieux si, vers deux heures du matin, au cœur de cette nuit orientale étoilée, alors que la plupart des convives s'étaient déjà retirés ou dispersés, l'incident fatal n'était survenu. On avait bu énormément de champagne, la chaleur tombait du ciel comme une chape, ceux qui dansaient encore paraissaient épuisés ou anormalement exaltés, lorsque, par une provocation singulière, une personne qu'on fut par la suite incapable d'identifier mit Martine au défi d'ôter sa jupe et de danser en slip. Comme elle avait elle-même absorbé beaucoup de champagne et que la tête commençait à lui tourner, elle releva le défi et d'un geste décidé dénoua, puis fit glisser son ample corolle, dont elle se débarrassa d'un preste mouvement de pied. Elle apparut en chemisier et en slip, le galbe de ses longues jambes brunes se dessinant incomparablement dans la lumière des spots. Elle tournoya longtemps au rythme d'une sorte de samba très scandée, suivie bientôt

125

d'une mélopée arabe qui imprima au contraire de lentes ondulations à son bassin. Un danseur expérimenté, jeune Espagnol chargé d'affaires à son consulat, l'avait prise par une main, tenant son bras haut levé pour de souples virevoltes. Spectacle étonnant qui créait une curieuse émulation d'ivresse chez d'autres danseurs, tandis que ceux qui ne dansaient pas applaudissaient, battaient des mains, formant cercle autour des figures qui évoluaient sous leurs yeux. Cela dura jusqu'à ce que Martine, qui maintenant pivotait sur elle-même comme un toupie ivre, finît par tomber sur la pelouse du parc, entre deux palmiers nains auxquels elle avait essayé de se retenir, le visage rouge, le corps en transe, merveilleusement belle. Les applaudissements, mêlés de quelques ricanements, n'en finissaient pas de saluer sa performance.

D'Andelot avait assisté à la scène, le souffle coupé. Il constatait que, heureusement, l'ambassadeur était parti depuis déjà plus d'une heure. Il allait de l'un à l'autre demandant : Qu'est-ce qui lui a pris ? mais qu'est-ce qui lui a pris ? On lui répondait par de mauvais sourires ou des mimiques gênées. Il voulut savoir qui avait eu l'idée diabolique de pousser Martine à cette exhibition. Personne ne savait. Etait-ce le chargé d'affaires espagnol ? Non, disait-on, la personne qui avait lancé le défi, le pari plutôt, avait un accent anglais. N'était-ce pas Stirling, ce psychiatre inquiétant ? N'était-ce pas le petit Tom, qui avait une réputation de farceur froid ? C'était très probablement lui. On le chercha, mais Tom avait disparu depuis déjà une heure en compagnie de Grimberg.

N'était-ce pas Lana ? Non, ce n'était pas son genre, et une femme n'aurait jamais fait cela, d'ailleurs la voix de la personne en question n'était pas une voix féminine. Et si la provocation était venue de quelque notabilité arabe, intéressée à la multiplication des scandales dans ce milieu européen décadent ? Le pire, pensait le premier conseiller, serait que Martine ait pris seule cette initiative.

Il voulut en avoir le cœur net. Tandis qu'elle rajustait sa jupe, en semblant retrouver ses esprits, il se dirigea vers elle et lui dit d'un ton impératif :

— Venez avec moi. Je vous ramène.

Elle pensa qu'une rude semonce l'attendait. Mais elle ne se fit pas prier pour le suivre et monter dans son auto. Il congédia le chauffeur, prit le volant lui-même. Il sortit du parc à une allure folle et fonça dans la nuit. Il ne disait pas un mot. Martine s'attendait au pire. Au bout d'un moment, il chercha nerveusement ses cigarettes, en sortit une du paquet, s'y reprit à deux ou trois fois pour l'allumer, souffla la fumée dans le pare-brise, regardant droit devant lui, fixement. Il avait pris la route de la plage, entre les hautes bordures de sable. Il s'arrêta tout d'un coup sur un petit terrain occupé par deux tentes et un hangar à chameaux. On aurait dit un campement fantomatique dans la nuit claire. Mais tout était silencieux, mort, inhabité.

— Quel pays ! dit-il. Quelle folie ! Quel délire !

Elle ne savait trop que répliquer. Elle dit à voix basse :

— Oui, je sais, je vous ai choqué.

Elle pensait qu'il allait dire tout ce qu'il avait sur le cœur. Mais il avait sur le cœur autre chose que ce qu'elle attendait. Elle entendit :

— Je n'ai vu que vos cuisses. Si belles.

Un long silence suivit. Il avait toujours les yeux plantés dans le pare-brise. Mais il avait baissé la vitre de la portière, de son côté, comme pour se donner un peu d'air. On entendait le cri rauque et régulier d'un oiseau nocturne sur un fond de basse sombre, peut-être le battement de la mer au loin. Il ajouta :

— Et ce satin blanc !

Elle ne savait pas très bien où il voulait en venir, mais elle le voyait troublé. C'était curieux de percevoir le désir chez un homme qui ne donnait pas l'impression d'en avoir l'usage. Martine, qui sentait la chaleur de ses joues retomber, retrouvait progressivement une lucidité propice à l'analyse critique. Pour un peu elle aurait pris des notes sur la situation insolite dans laquelle elle se trouvait.

— Vous savez, dit-elle, je suis très consciente de ce qui s'est passé. Je me suis conduite comme une folle. Mais je crois vraiment que c'est le champagne qui est responsable. D'habitude je le supporte mieux. A ma décharge, il y a eu tant de coupes, tant de toasts. Vous avez tous voulu faire si beau, si grand ! Voilà le résultat. Je vous adresse, ainsi qu'à toute la colonie française, mes plus humbles excuses.

Pour toute réponse, il mit un bras autour de ses épaules et dit :

— Je n'ose pas vous embrasser.

— Mais moi j'ose, répondit Martine.

Et elle l'embrassa sur les lèvres. Brusquement il ouvrit la portière, sortit de l'auto, enleva, dans une suite de gestes brusques, sa veste, son nœud papillon.

L'air était chaud. On aurait dit qu'il étouffait, ne savait plus que faire pour se rafraîchir. Il s'épongeait sans arrêt le front de son mouchoir.

— Nous allons faire quelques pas, dit-il. Mais franchement, je ne sais même pas où nous sommes.

Ils marchèrent un moment dans la nuit, en direction d'une cannaie qui fermait le terrain. Un vent léger s'était levé. La lune montrait un croissant rosâtre. On entendait maintenant des crissements d'insectes.

— Nous sommes n'importe où, dit-elle.

— N'importe où, un soir de bal. Moi avec vous.

Il lui avait remis la main sur les épaules.

— J'ai mal aux pieds, dit Martine au bout d'un moment en enlevant ses souliers. C'est sans doute d'avoir trop tourbillonné. Rentrons.

Ils regagnèrent la voiture. Il conduisit de nouveau comme un fou. Comme elle entendait le bruit de sa respiration, un vrai halètement de souffrance, elle crut juste de lui dire :

— On va chez vous ou chez moi ?

Il gonfla ses poumons d'un grand coup d'air.

— Chez moi, Martine, vous savez bien qu'il n'en est pas question. On va chez vous. Puisque vous le proposez.

— Mais chez moi, il peut y avoir Norfa. Et surtout Majid, qui dort à la maison.

129

Le premier conseiller s'assombrit.

— Majid ne sera plus à votre service très long-temps. J'ai oublié de vous le dire. Il change d'affec-tation. Nous avons reçu une note hier. Une note venue d'en haut.

Elle ne put masquer sa contrariété. Mais, se res-saisissant vite :

— Soit. Majid sera donc peut-être déjà parti. Vous pouvez venir en toute tranquillité.

La tranquillité, lorsqu'ils arrivèrent, ne semblait pas être en fait la dominante de son état d'âme. Il regardait dans tous les coins comme si la villa lui paraissait un redoutable repaire, s'asseyait, se levait, demandait un alcool, fumait, se rasseyait, se relevait (pendant que Martine, dans la salle de bains, pre-nait une douche), ne cessait de soliloquer, de répé-ter : Eh bien, eh bien ! comme si cette interjection dénonçait la plus improbable des situations. Quand elle revint en peignoir, fraîchement douchée, les cheveux mouillés, il était debout devant les rayons de la bibliothèque, le nez sur le dos des livres.

— Voilà les fameux bouquins ! disait-il sur un ton plus grinçant qu'amusé. Les livres damnés !

— Oui, en effet. Si votre femme vous voyait !

Il se retourna. Elle était en slip, comme à la fin du bal, mais sans chemisier.

— Je peux refaire le numéro pour vous, dit-elle.

Comme il restait muet, stupide, regardant ses seins nus.

— J'aurais dû pousser l'audace jusqu'à danser comme cela. L'ambassade se serait écroulée. Le parc aurait pris feu. Le pays aussi. C'était la guerre.

Il se fit presque suppliant.

— Martine, n'exagérez pas, pitié !

— Venez, dit-elle, l'entraînant dans sa chambre.

Il la suivit, répétant encore : Eh bien, eh bien !

Il n'était ni très doué ni très habitué, mais il fit ce qu'il put. Elle constata en tout cas, posant sa main sur son torse tandis qu'il s'assoupissait, que son cœur battait ce soir-là très fort. Et que le sommeil gagnait vite les hommes.

Quelques jours après, Martine à Pierre Cas :
"Cher maître,

Je me suis livrée à la fin de la semaine dernière à des extravagances et à des turpitudes coupables. C'est bien dommage. Tout se passait au mieux ces temps-ci. On était vraiment très *content* de moi partout. Mais, à force de vouloir *contenter* tout le monde, on fait des erreurs fâcheuses. Vous ne savez pas de quoi il s'agit et pourtant j'entends déjà vos reproches d'ici. J'avais dû, ce jour-là, absorber de trop grandes quantités d'un breuvage maléfique. Je me suis trouvée dans une situation irrémédiable que j'ai aggravée d'une manière plus consternante encore. Vous qui êtes si attaché aux protocoles en rougiriez de honte. Je crois décidément qu'il n'y a rien à tirer de votre malheureuse élève. C'est une femme égarée.

Une femme pourtant qui essaie encore de lire et d'écrire. J'ai sous les yeux, au moment où je t'écris, une lettre du marquis où je puise non pas le réconfort dont j'aurais bien besoin, mais de réels préceptes de sagesse. Parlant de ses *fantaisies* (que devrais-je dire des miennes ! mais elles sont tout de même beaucoup plus innocentes), il note : «… Quelque baroques qu'elles soient, je les trouve toutes respectables, et parce qu'on n'en est pas le maître et parce que la plus singulière et la plus bizarre de toutes, bien analysée, remonte toujours à un *principe de délicatesse*.» Tu te rends compte ! Il écrit ça le 24 novembre 1783, en des temps qui n'inclinaient guère à la délicatesse. Et il invente les «principes» avant Freud : le *principe de délicatesse* (souligné par lui) avant le «principe de plaisir» et celui de «réalité». Il faut que je parle de ça à un psychiatre britannique qui me fait… disons la cour. Ah, ce sexe masculin ! Vraiment incurable ! Et dire que c'est moi que l'on déclare malade !

Le marquis emploie aussi l'adjectif *respectable*, étonnant sous sa plume, puisqu'on lui prêtait la rage de ne rien respecter. Il y a donc des choses qu'il veut que l'on *respecte* ! Et le participe «analysée» ? C'est vraiment splendide une fantaisie «bien analysée», non ? Tu vois que je découvre des choses. Mais je fais une fois de plus la pédante et il est probable que tu connais cette lettre beaucoup mieux que moi…

Pourtant, puisque j'en suis à mes découvertes, je voudrais dire aussi mon émotion devant *Thérèse philosophe*. Ce Boyer d'Argens, autre marquis, né à Aix et mort à Eguilles, s'il est vraiment l'auteur du livre, est un épicurien stupéfiant. On dit qu'il a quitté la Provence pour voyager de Paris à Potsdam, se lier avec Frédéric II, fréquenter Casanova, mais ses affaires publiques cachaient des turbulences intérieures qui valaient bien celles de Sade, en plus *soft* toutefois. Sa Thérèse m'étonne. Elle est à la fois naïve et terriblement philosophe dans les choses de l'amour. Boyer lui fait prêcher, par l'exemple, une *politique érotique* dont nos contemporains feraient bien de s'inspirer, car elle suppose une paix civile et sociale fondée sur l'*aponie*, c'est-à-dire l'état paisible et voluptueux du corps apporté par la réalisation des désirs sexuels. Et puis, elle me ressemble au moins en un point, le goût des bibliothèques. A la fin du livre, il y a un certain Comte qui lui fait la proposition de lui offrir la sienne, à condition qu'elle s'assagisse un peu, et voici ce qu'il lui dit en termes suaves. Je recopie, parce que c'est drôle, cher maître : «Vous aimez donc, mademoiselle Thérèse, les lectures et les peintures galantes ? J'en suis ravi : vous aurez du plus *saillant* ; mais capitulons, s'il vous plaît : je consens à vous prêter et à placer dans votre appartement ma bibliothèque et mes tableaux pendant un an, pourvu que vous vous engagiez à rester pendant quinze jours sans porter même la main à cette partie qui en bonne justice devrait bien être aujourd'hui de mon domaine, et que vous fassiez sincèrement divorce au *manuélisme*. Point de quartier, il est juste que chacun mette un peu de complaisance dans le commerce. J'ai de bonnes raisons pour exiger celle-ci de vous : optez ; sans cet arrangement, point de livres, point de tableaux.»

A quoi Thérèse répond : «J'hésitai peu, je fis vœu de continence pour quinze jours.» On voit qu'elle aime les livres par-dessus tout.

Je suis comme elle et cela me préoccupe. Ceux qui pensent que mes lectures («vos» lectures, celles qui sont «de votre faute») me perdront doivent avoir raison. Je sens que l'on va prendre des mesures contre moi. Le rappel au pis. L'exil, au mieux.

J'espère pourtant venir dans quelques jours en France, au début d'août. Pour vous voir et discuter un peu. Mais où serez-vous ? En vacances ? Au bout du monde ? Quel monde ?"

Diane d'Andelot, qui était de retour depuis l'avant-veille, eut le sentiment ce soir-là que son mari n'était pas dans son assiette. Il rentrait, pour se mettre à table à dix heures du soir, au terme d'une journée chargée, et il était clair que le moment était peu propice à une conversation qu'elle aurait aimé avoir avec lui sur certains projets concernant leurs enfants. Il repoussa presque le plat de raie au safran que posait devant lui la domestique philippine, persuadée que c'était là le genre de nourriture légère et discrètement accommodée qu'il appréciait d'habitude. Diane en était persuadée aussi, mais elle voyait bien, aux rides qui barraient son front, que les soucis et les tracas du jour lui avaient coupé l'appétit. Il avait reçu un groupe d'industriels venus en vue de l'installation d'un chantier de distribution électrique et de longues heures de discussion avaient eu lieu dans les salons du *Sheraton*. Le déjeuner, qui avait commencé à quatorze heures, s'était prolongé interminablement, et la soirée s'était consumée en palabres. Il n'avait ni faim ni envie de parler.

— Cette nouvelle maison de campagne, dans un des plus beaux décors de Touraine, est une vraie merveille, glissa pourtant Mme d'Andelot, et il serait important que tu viennes la voir. Car il y a des extensions possibles, et si tu voulais…

Il n'écoutait pas. Il se taisait. Elle insista pourtant.

— Tout cela à moins de deux heures de Paris.

Elle insista encore.

— Je crois que nos petits-enfants apprécieraient…

Comme décidément son esprit était ailleurs, elle préféra changer de registre et aborder de front la question de ses préoccupations.

— Je sais que tu as beaucoup de soucis et que la saison est physiquement dure. Mais tout ne saurait se ramener aux contraintes de la vie diplomatique. Il faut tout de même prendre le temps de respirer et de vivre. Quand je suis partie, j'avais l'impression que les choses étaient calmes et qu'on allait entrer dans le train-train de l'été. Il suffit que je m'absente pour que tu ne songes plus qu'à ton travail et que tu mettes les bouchées doubles.

Mot malheureux sans doute, car en fait de bouchée, il semblait incapable d'en avaler une seule. La domestique tournait autour de la table, déçue. Il se contenta de se servir un demi-verre de vin blanc sec et de le boire d'un trait.

— Excuse-moi, dit-il.

Comme il avait enfin desserré les lèvres, elle crut bon d'enchaîner sur les événements qui avaient pu se produire pendant son voyage en France.

— Au fait, dit-elle, je sais que la situation politique n'est pas très brillante et que des nuages s'accumulent à l'horizon. Mais vous vous êtes bien amusés tout de même, le 14 juillet, à ce que j'ai pu apprendre.

Il leva la tête avec une expression d'inquiétude.

— Et qu'as-tu appris ?

— Il paraît que la "folle" a dansé en slip. Il ne manquait plus que ça ! Le bouquet !

— Eh bien, oui ! dit-il. C'est vrai.

— Les scandales ne lui font décidément pas peur… Je suppose que cela a dû vous mettre en difficulté ?

— Euh… qui, vous ?

— Vous… vous tous…, dit-elle avec impatience.

— Si on veut.

— On peut se demander jusqu'où elle ira. Oui ou non, allez-vous vous résoudre à faire quelque chose ? Stirling a-t-il pris une décision ?

Il haussa les épaules. Elle sentit qu'il avait encore moins envie d'aborder ce sujet que les autres. Elle insista pourtant.

— Une femme de ce genre est capable de tout !

Il mit le nez dans le plat de raie qui refroidissait devant lui.

— Que s'est-il passé au juste ? reprit-elle. Elle a enlevé sa jupe comme ça, devant tout le monde ? Elle a montré ses jambes ? Lana affirme…

— Lana n'était pas là.

— Et toi, tu étais bien là ? Tu n'as rien fait ?

Silence de plomb. Diane d'Andelot avait changé de visage. Peu à peu la mansuétude à l'égard d'un mari accablé de tracas avait fait place chez elle à la mauvaise humeur agressive qui la saisissait chaque fois qu'elle abordait la question des désordres de Martine Martin. Et elle s'irritait de voir son interlocuteur si passif, si muet. Il était en réalité complètement abattu. Il se contenta d'un geste évasif de la main pour indiquer qu'il n'avait pas envie d'en entendre plus long sur ce point.

— Mais internez-la, internez-la ! cria Diane avec une sorte de fureur.

Il se leva, alluma une cigarette, puis fit savoir qu'il avait l'intention d'aller se coucher, tandis que la Philippine débarrassait la table en maugréant.

— C'est bien beau d'avoir l'appétit coupé ! hurla-t-elle. C'est bien beau, mais je pourrais en avoir gros sur l'estomac moi aussi !

Et tout d'un coup, pleurant presque, se prenant le visage dans les mains, tandis qu'il quittait la salle à manger :

— Le 14 Juillet ! J'en ai honte pour nos couleurs !

Ce n'est pas sans quelque embarras que Roger d'Andelot dut convoquer Martine pour lui faire savoir que les choses n'allaient pas très bien pour elle. Il évitait de la regarder et lui parlait en signant des notes, en compulsant des dossiers, en triant du courrier.

— Oui, disait-il, c'est comme ça. L'ambassadeur veut vous voir.

— Est-ce qu'il vous a vu vous-même ?

— Quelle question ! Bien sûr qu'il m'a vu ! Je le vois tous les jours.

— Et que vous a-t-il dit ? Ou plutôt que lui avez-vous dit ?

— Martine, ne m'accablez pas. Je ne sais plus où j'en suis. Plus du tout. Si je pouvais être muté au Kamtchatka, ça m'arrangerait. J'ai vraiment envie d'être ailleurs, de disparaître. Vous m'avez vraiment mis en pièces. Dissous. Dissolu.

— Moi ?

— Vous êtes une abominable démone. Tous ceux qui me le répétaient avaient raison.

— Mais…

— En plus, j'ai le sentiment que vous avez une opinion désastreuse des hommes. Je le ressens avec accablement.

Elle essaya de rencontrer ses yeux.

— Au contraire, les hommes me touchent par leur fragilité.

— Il ne manquait plus que cela. J'espère que l'ambassadeur vous touchera. Il vous attend demain à cinq heures. J'espère surtout que vous le toucherez, vous. Mais, si vous me permettez un grotesque jeu de mots, ne le *touchez* pas trop. Vous me comprenez. Vous en avez trop fait maintenant, et trop c'est trop.

— C'est vous qui me dites ça ?

Il releva la tête, la dévisagea cette fois.

— Oui, c'est moi, mademoiselle Martine Martin. En tant que premier conseiller, je dois vous mettre en garde. Je me suis vu obligé de plaider votre cause. J'ai fait de mon mieux, mais il y a des limites.

— Qui les a franchies ?

Il détourna de nouveau son regard et retomba sur sa table comme un vrai sac de son.

— Martine, ne m'achevez pas.

L'ambassadeur était apparemment souriant. Mais d'emblée il déclara :

— Mademoiselle Martin, vous n'avez jamais entendu parler de l'obligation de réserve ?

Justement, Grimberg lui en avait longuement parlé. Lors d'une récente promenade qu'ils avaient eu encore l'occasion de faire à la Targa, il lui avait dit qu'on risquait fort de la prendre à ce piège-là et qu'elle devait soigneusement préparer sa défense : *réserve* voulait dire retenue politique et non pas éthique.

— Monsieur l'ambassadeur, je n'ai jamais que je sache manqué à quelque réserve que ce soit dans mes fonctions.

Il parut surpris de cette assurance.

— Je ne vous parle pas de vos fonctions.

— Ni dans mes propos.

— Je ne vous parle pas de vos propos.

— Vous me parlez donc de quoi ?

Il s'empourpra de mécontentement.

— Vous le savez très bien.

— Je ne sais pas.

Cette fois, il se fâcha.

— Vous dansez en petite culotte à mon bal et vous ne savez pas de quoi je parle !

140

Comme elle ne disait plus rien, il poussa son avantage.

— Tout fonctionnaire, surtout à l'étranger, est tenu à une obligation de réserve. Je crains, d'après les informations et rapports dont je dispose, que la réserve ne soit pas la qualité dont vous soyez le mieux pourvue. Vous me répliquez, non sans insolence, que, s'il s'agit de réserve sur le plan de… votre conduite privée, cela ne me regarde pas. Le parc de l'ambassade est-il un lieu privé ? Mais surtout, ne comprenez-vous pas qu'en tant qu'attachée culturelle, appelée à défendre et à illustrer ici certaines valeurs, vous ne pouvez vous mettre en situation de choquer en permanence ceux qui nous entourent et traitent avec nous ? En pays islamique de surcroît. Depuis que vous êtes arrivée, vous avez eu le temps de vous rendre compte de la susceptibilité, de la vulnérabilité de certains sur ce point. Le moindre faux pas peut nous conduire à la catastrophe. Vous en avez fait des quantités. Et je ne parle pas seulement de vos pas de danse, je parle de tout le reste… vos livres… vos manières… vos relations…

— Quoi encore ?

— Ne soyez pas arrogante. Si vous me demandez d'où je tiens tout cela, j'ouvre ce dossier et je vous montre ce qu'il contient. Vous verrez qu'il ne s'agit pas de bruits évasifs.

Il tapa avec nervosité du plat de la main sur un document qui surmontait une pile de chemises multicolores.

— On vous écrit ?

— On me parle et on m'écrit. Et cela vient quelquefois de très haut.

— Ou de très près ?

— C'est-à-dire ?

— De votre entourage ?

Il eut l'air découragé.

— Mademoiselle Martin, vous vous méprenez. Si j'ai cru bon de vous convoquer, c'est que nous sommes à cause de vous à la limite de l'incident diplomatique. Je vous répète que les gens de ce pays ont l'épiderme ultra-sensible en matière de mœurs. Le fanatisme nous guette. Des conflits nous menacent. On s'empoigne autour de nous sur les prix du pétrole. La guerre est peut-être à nos portes. Vous ne le savez pas, mais moi je le sais. Des rapports secrets m'apprennent que dans des pays voisins, de dangereux événements se préparent. Regardez.

Il sortit d'un tiroir de son bureau une photo de Saddam Hussein. Beaucoup plus récente que celle qu'il avait montrée la dernière fois.

— Dommage que je n'aie pas mon centimètre, mais la moustache a dû pousser d'un bon demi-pouce. Ce n'est pas bon signe.

Comme elle se taisait, médusée en apparence, il se leva, s'approcha d'elle, changea de ton, revint au sourire.

— Il faut que vous compreniez ces dangers. Il faut m'aider, si vous voulez que je vous aide. Personnellement, je vous trouve très... plaisante et je vous considère comme une excellente jeune collaboratrice. Je ferai tout ce qui est en mon pouvoir pour éviter une mesure administrative quelconque qui pourrait aller jusqu'à… votre rappel en France… je dis cela, parce que je crains que même à Paris dans les couloirs du ministère, on ne murmure à votre sujet. Je suis prêt à me faire votre avocat, mais…

— Mais ?

— Disparaissez un peu. Prenez un peu… du champ, si je puis dire. Allez profiter de votre congé d'été en France. Puis à votre retour acceptez une de ces missions dont je vous avais fait la proposition. Nous avions parlé de quoi déjà ?… Bagdad ? Eh bien, partez pour Bagdad ! Vous y découvrirez des choses. Je sais bien qu'après mes paroles de tout à l'heure, vous n'avez peut-être pas très envie d'aller vous… exposer là-bas… Mais comme vous vous *exposez* de toute façon, sans vous faire prier, n'est-ce pas ?

TROISIÈME PARTIE

A la fin du mois de juillet, Martine quittait les terres recuites de l'Orient pour les espaces de lumière de Provence. Il y faisait aussi chaud, mais pas de la même manière. Sur la route du Tholonet, près d'Aix, elle s'était arrêtée au *Relais Cézanne* en compagnie de son ami Philippe et, buvant à petits coups une orangeade glacée sous les ombrages, écoutait celui-ci lui faire part de ses inquiétudes.

— Ce n'est pas en te dispersant au gré des missions que l'on va te confier ou des voyages de convenance que l'on te fera faire que tu arrangeras tes problèmes. Surtout maintenant.

Elle se demandait ce qu'il voulait dire au juste, lorsque, dépliant un numéro du *Monde* qu'il avait posé sur un coin de table, il lui mit sous les yeux des titres qui annonçaient qu'une réunion de l'OPEP à Genève se déroulait dans la fièvre à cause de débats contradictoires sur les prix du baril de pétrole dans la région du Golfe et que l'on avait le pressentiment d'un affrontement entre l'Irak et le Koweit.

— Je ne sais pas ce que c'est que l'OPEP et, de toute façon, je m'en fiche, se borna à répondre Martine en jetant un œil distrait sur le journal.

— Tu ferais mieux de revenir travailler avec nous.

— Je travaille très bien là-bas.

— Oui, on sait. On connaît tes performances. Tu nous as raconté.

Arrivèrent Claire et Eduardo, qui avaient prévu de les rejoindre au *Relais*. Ils se mirent tous les quatre à parler de leurs projets et de leurs travaux, exactement comme s'ils s'étaient trouvés dans la salle de bibliothèque de leur université autour de la table en demi-lune. Ils avaient d'ailleurs l'habitude de ces rencontres sous les platanes qui avaient l'allure agréable d'une "académie" de plein air. Depuis l'année précédente, ils y avaient pris goût, la belle saison venue. Pierre Cas les accompagnait quelquefois.

— Le maître n'est pas là. Il nous manque, dit Philippe.

Martine haussa les épaules.

— On est très bien sans lui. Il est au bout du monde, probablement ?

— Il fait comme toi, dit Eduardo, il se promène ! Et nous, nous restons là, rivés à nos paysages !

Claire lui demanda pourquoi il n'était pas rentré au Chili, au moins pour l'été.

— Parce que là-bas, dit-il, l'été, c'est l'hiver. Et surtout, parce que ces paysages, dont j'ai l'air de me moquer, sont devenus indispensables à ma respiration.

Il s'interrompit, prit un air grave et ajouta, avec une solennité jouée :

— Et à mes recherches, comme vous le savez. Depuis que je lis Cézanne, je ne peux plus travailler que sur le motif, comme lui.

— Evidemment, dit Claire, nous sommes dans un lieu de méditation idéal. Je me demande si Germain Nouveau venait quelquefois par là, lui aussi.

— J'ai entendu dire qu'il préférait les rues de la ville.

— Oui, tout le monde sait cela. Il mendiait son pain sous le porche de Saint-Sauveur. Cézanne sortait de la messe, le reconnaissait et mettait cent sous dans sa sébile, un bel écu. Mais ils ne venaient pas ensemble au Tholonet.

— Nouveau n'aimait pas la nature ?

— Si, si, il l'aimait. Il allait sur les routes et même errait de village en village, jouant d'une guitare de fortune qu'il avait confectionnée de ses mains. Mais il n'avait pas le regard qu'il fallait pour les lieux cézanniens.

— Quel regard ? demanda Philippe.

— Le regard des sens.

— Le regard d'*Eros*, précisa Martine.

Claire parut piquée.

— Je n'ai pas dit cela. Contrairement à ce que tu penses, Nouveau est un très grand poète de l'amour charnel. Il a écrit un cantique, oui c'est le mot, un vrai cantique, qui s'appelle *la Doctrine de l'amour*. Il en remontrerait à plus d'un sur cette doctrine.

— Alors, dit Martine, je le mets sur ma liste.

— Il n'apprécierait pas. Il dit quelque part, dans ce poème, parlant des hommes d'écriture et interpellant les femmes : "C'est à cause de vous... qu'ils font couler une encre impure sous leur plume."

— Les encres impures, mes délices ! Je ne vis que pour elles ! Je m'en abreuve ! Je baigne en elles ! Tant pis pour Germain Nouveau !

Sur ces propos de Martine, la conversation se mit à rebondir dans les sens les plus divers. Ils sirotaient tous les quatre tranquillement leurs boissons fraîches, au milieu de groupes de touristes assis aux tables voisines, qui les écoutaient d'une oreille moins distraite qu'interrogative, comme s'il était insolite d'entendre sortir de la bouche de ces jeunes gens des paroles vaguement savantes, en ces lieux verdoyants tout imprégnés de torpeur estivale. Mais cette campagne aixoise était une campagne de "culture". Philippe le rappela en les invitant à finir l'après-midi par une promenade jusqu'au petit pont qui enjambait, après la route de Saint-Antonin, le Bayon, mince rivière où Zola et Cézanne gamins venaient se baigner, disait-il. Il parla d'une lettre du futur peintre à son ami d'enfance où l'on pouvait voir, dans la marge, un croquis très précis représentant trois garçons en train de faire la culbute dans le ruisseau.

— C'était ici même que ça se passait, disait-il, dans ce petit trou d'eau miroitante que vous avez sous les yeux, au creux de la ravine, en bas du pont, penchez-vous, regardez, imprégnez-vous, c'est mieux que les encres impures !

Martine soupira et s'asseyant sur le parapet de pierre du petit pont, les yeux mi-clos, comme pour une brève méditation intérieure, déclara :

— Je crois que tu as raison. Je ferais mieux de ne pas repartir.

Les autres continuaient à observer l'eau transparente, teintée de vert. Elle reprit :

— Je suis bien avec vous.

— Alors reste, dit Philippe. Reste avec Zola, reste avec Cézanne.

— Reste avec Nouveau, dit Claire.

Elle sourit, mais son sourire était presque douloureux.

— Il faut bien bouger pourtant. Où est Blanche ?

— Au Québec.

— Où est Woody ?

— Dans l'Ohio.

— Vous voyez bien.

— Mais ils sont chez eux pour l'été et ils vont revenir.

Martine ferma les yeux complètement. On entendait le bruissement du ruisseau.

— Je reviendrai aussi. Il faut que je fasse mon "détour".

— C'est toi, dit Claire, qui détournes tout.

— Tout et tout le monde, précisa Eduardo en prenant son amie par l'épaule. Eloignons-la d'ici et abandonnons-la à son destin.

Le 2 août, on apprenait que les forces de l'Irak envahissaient le Koweit et qu'une résolution du Conseil de sécurité de l'ONU prenait acte de l'extrême gravité de la situation dans le Golfe. Martine s'entendit dire par tous que c'était moins que jamais le moment de retourner dans cette partie du monde. Et surtout de se rendre à Bagdad. Ses parents, qui commençaient à prendre de l'âge, voyaient approcher avec inquiétude l'heure de ce nouveau départ : ils admiraient le caractère de leur fille, mais ne pouvaient se défendre d'un malaise devant ce qu'ils considéraient chez elle comme une propension à l'insécurité. L'oncle relationné au Quai d'Orsay considérait, lui, qu'elle devait assumer jusqu'au bout sa nouvelle carrière et même accepter les missions annexes qu'on lui proposait, fût-ce en Irak : il n'ignorait pas le sérieux des événements qui semblaient se préparer, mais jugeait qu'une attachée devait d'abord être attachée à ses devoirs (peut-être, en outre, certaines rumeurs étaient-elles arrivées jusqu'à lui, et pensait-il que sa nièce aurait intérêt à se frotter aux réalités de l'histoire en acte). Martine aurait aimé avoir l'avis de Pierre Cas, mais il n'était pas là. Elle imagina qu'il l'aurait laissée dans le doute, lui conseillant simplement de faire un tri sévère dans les livres à emporter, si elle entreprenait d'autres échappées dans le monde du soupçon.

Après avoir tout pesé, elle choisit de rejoindre son poste. L'accueil de Roger d'Andelot fut froid. Celui de Serge Grimberg fébrile. L'ambassadeur avait confirmé la mission à Bagdad : Saddam Hussein fanatisait les foules en les appelant à la guerre sainte, il était urgent d'aller parler aux Irakiens de la culture française. Elle avait deux semaines pour se préparer. Diane d'Andelot, pour tout viatique, fit dire que cette mission "lui mettrait du plomb dans la tête".

Martine, réellement convaincue que son départ arrangeait tout le monde, fit ses bagages avec soin et, les voulant le plus légers possible, n'emporta que trois échantillons de ses lectures studieuses. L'un d'eux était un choix de poèmes des grands rhétoriqueurs où elle se promettait d'annoter quelques morceaux qui piquaient sa curiosité. Quelle ne fut pas sa surprise, en le feuilletant au moment de le glisser dans son sac de voyage, d'y trouver cet étrange *Rondelet à ryme sans raison* d'André de La Vigne :

> *Quoy que je soye diffamée*
> *Je veulx faire pis que devant*
> *Toujours cherray comme pasmée*
> *Quoy que je soye diffamée*
> *Et pour perdre ma renommée*
> *A tous presteray mon devant*
> *Quoy que je soye diffamée*
> *Je veulx faire pis que devant.*

Dans l'avion qui l'emportait vers Bagdad, Martine dut, hélas, changer d'humeur. Plusieurs passagers, ne cachant pas leur affolement, disaient qu'ils n'auraient jamais dû s'embarquer pour un tel vol, que les nouvelles les plus alarmantes avaient circulé dans l'aéroport quelques minutes à peine avant qu'ils ne franchissent les contrôles. Une femme agitée d'une nervosité particulière alla même jusqu'à demander si le pilote ne pouvait pas envisager de virer de bord. L'hôtesse la calma comme elle put, essayant de la convaincre qu'à l'arrivée même il serait temps de prendre des décisions de retour, si la situation l'exigeait. D'autres voyageurs au contraire déclaraient qu'il n'en était pas question, qu'ils avaient leurs affaires à traiter, leurs parents à voir, leurs urgences d'emploi du temps, que tout cela s'arrangerait, que l'on en avait assez des fauteurs de panique.

Martine, assise près d'un hublot à travers lequel elle apercevait de longues traînées ocre sous des mèches de nuages, pensait à son premier vol vers ces contrées. Tout avait changé, basculé si vite. Le voyage, aujourd'hui, n'allait durer qu'une heure, mais il lui semblait qu'elle s'engouffrait dans un abîme. Le malaise venait de tous ces gens qui s'énervaient sous l'effet d'informations harcelantes et ne savaient très bien ni ce qu'ils voulaient ni ce qui les attendait, mais aussi de son propre entêtement. Elle aurait pu s'épargner tout cela. Refuser la mission. Ce n'était pas le moment d'aller à Bagdad.

— Ce n'est vraiment pas le moment, dit son voisin en fronçant le sourcil, les yeux rivés sur un numéro du *Times* déployé sur ses genoux.

Il avait un accent américain marqué. Martine tourna le cou pour essayer de voir quelque chose de sa figure et eut la curieuse impression qu'il ressemblait à Pierre Cas.

— Vous êtes professeur ? dit-elle.

— Oui, comment le savez-vous ?

— Comme ça.

— Et vous ?

— Attachée.

Il regarda sa ceinture avec amusement. Puis soupira :

— Je crois que nous sommes embarqués dans une drôle d'aventure.

— Pourquoi ? C'est dans le journal ?

— Non, mais il paraît que Saddam a annoncé ce matin même que tous les Occidentaux présents sur le sol de son pays seraient désormais considérés comme otages.

— Je vois.

— Nous ne sommes pas encore sur son sol, mais nous allons y être.

155

— Oui, je vois de mieux en mieux.

— Vos amis de la diplomatie auraient dû vous prévenir.

— Amis ou ennemis ? Voilà le problème.

Il ne parut pas comprendre. Il reprit son journal. Puis, au bout de quelques secondes, sur un ton de perplexité :

— Vous voulez dire…

— Je ne veux rien dire du tout. Et vous, pourquoi vous jetez-vous dans le piège ?

— J'ai ma femme et mes enfants là-bas.

Il était marié. Il avait l'air d'un de ces Américains cultivés et ouverts qui sourient si bien sur les photos de famille. Mais il ressemblait indéniablement à Pierre Cas. Qui lui, pourtant, ne ressemblait pas du tout à un Américain. Bizarrerie des choses. Martine se demanda si son habituel grain de folie ne recommençait pas ses turbulences. Il fallait absolument revenir aux sujets sérieux.

— Mais que dit le journal ?

— Rien de bon. Washington vient de déclarer "totalement inacceptables et ridicules" les derniers marchandages proposés par Saddam. Quand on connaît l'humeur de celui-ci, on peut s'attendre à des ripostes. Il vient d'ailleurs de faire savoir que le Koweit devait être purement et simplement considéré désormais comme une province de l'Irak.

— On ne va pas mettre le feu au monde pour ça !

— Au monde non, mais au Golfe, oui. Vous verrez.

— Affaires de gros sous, de pétrole, non ?

— Vous êtes singulière pour une diplomate.

— Je ne suis pas diplomate de profession. Je suis comme vous.

— C'est-à-dire ?

— Professeur, enseignante, chercheuse.

— Et vous travaillez sur quoi ?

— Je préfère ne pas vous le dire. Ça m'a valu beaucoup d'ennuis !

Puisqu'elle voulait être énigmatique, il n'insista pas. Mais il la trouvait de plus en plus "singulière", comme il l'avait dit dans son français élégant. L'hôtesse passait en proposant du thé ou des jus de fruits. Elle s'efforçait d'offrir un large sourire rassurant, mais continuait à entendre toutes sortes de conciliabules chez les passagers, en même temps que des plaintes, des soupirs, des sanglots même. Une femme, peut-être celle qui avait voulu faire suspendre le voyage, modulait une sorte de longue litanie en arabe. Un gros homme tonsuré, le visage encadré d'un épais collier de barbe grise, faisait glisser entre ses doigts les noyaux d'ambre d'un long chapelet. Un gentleman aux joues impeccablement rasées ne cessait de cocher des documents qu'il avait étalés sur son attaché-case utilisé comme pupitre. Un personnage au profil anguleux, coiffé d'un vaste keffieh carrelé, marmonnait curieusement, jetant par saccades des regards méfiants à droite et à gauche. Des enfants se poursuivaient dans le couloir, interpellés par leur mère dans une langue rugueuse. L'hôtesse leur demanda de bien vouloir regagner leur place et de ne plus bouger, car la cabine de pilotage allait délivrer un message important.

On entendit effectivement le message au bout de quelques minutes, en anglais, en arabe et en français. Le commandant de vol faisait savoir aux passagers qu'ils allaient atterrir à Bagdad comme prévu dans une demi-heure, mais qu'on leur demandait impérativement de ne pas quitter l'appareil tant qu'ils n'auraient pas reçu individuellement des consignes précises. Cet "individuellement" fit frémir et l'on entendit à nouveau des protestations, des gémissements, des cris. Un steward passa dans le couloir avec des gestes apaisants de la main, priant chacun de rester calme, assurant que l'on allait recevoir sans tarder d'autres informations par radio, que l'atterrissage se passerait bien.

— L'atterrissage peut-être, dit l'Américain à l'oreille de Martine. Mais après ?

— Après ?

— Ça va se gâter pour nous.

— C'est le *Times* qui dit ça ?

— Non, c'est mon petit doigt.

Il pointa un auriculaire cerclé d'une fine chevalière d'or. Décidément lui aussi jouait d'un français subtil.

Il ne se trompait pas. La première chose qu'ils virent par les hublots, tandis que l'avion touchait le sol, fut une importante rangée de soldats irakiens, fusils-mitrailleurs au poing, qui semblaient garder la piste. On donna de nouvelles consignes de calme, puis plusieurs de ces soldats montèrent à bord de l'appareil accompagnés de deux inspecteurs en civil qui examinèrent tous les passeports. Etait-ce là les mesures individuelles annoncées ? En fait, l'inspection terminée, personne ne sembla faire l'objet d'une discrimination particulière, sauf un groupe de passagers de toute évidence irakiens, qui quittèrent rapidement l'appareil. Les autres furent informés qu'un autobus allait les transporter directement de la piste au centre de Bagdad, ce qui non seulement parut apaiser les esprits mais donna l'impression que les formalités d'arrivée étaient nettement plus expéditives que ce qu'on avait pu craindre. On précisa que les amis et parents qui attendaient les voyageurs seraient eux-mêmes dirigés vers un grand hôtel du centre de la ville où tout le monde se retrouverait, tandis que les bagages seraient récupérés.

L'hôtel était indiscutablement moderne et confortable, mais il apparut très vite à ceux qui y débarquaient qu'il avait été transformé en un véritable centre de tri. Le hall était encombré par une cohue d'hommes et de femmes de tous âges et de tous pays, avec de nombreux enfants dans leurs jambes, au milieu d'un incroyable amoncellement de bagages. On aurait dit une immense zone de transit. Apparemment aucun membre du personnel de l'hôtel n'était repérable. Pas de policiers non plus. Mais à l'extérieur, à travers les grandes vitres du hall, on pouvait apercevoir de nouveau des soldats, bérets rouges sur la tête, l'arme à la main.

— Qu'est-ce qui se passe, selon vous ? demanda Martine à son Américain qu'elle venait de retrouver dans la foule.

159

Elle l'avait perdu de vue dans l'autobus et avait pensé qu'elle ne le reverrait sans doute plus. Il réapparaissait là, derrière un groupe d'hommes assis par terre, devant elle, les cheveux ébouriffés, un gros sac de plage jeté sur l'épaule, visiblement impatient et irrité.

— Essayez de le savoir, si vous pouvez.

— Vous avez vu votre femme et vos enfants ?

Il haussa les épaules avec fureur.

— Je n'ai vu personne. Et je voudrais bien téléphoner.

Il y avait plusieurs cabines téléphoniques dans le hall, mais elles étaient prises d'assaut de toute part et de longues files d'attente se formaient devant plusieurs d'entre elles.

— Comment vous appelez-vous, au fait ? demanda Martine.

Il la regarda d'un air effaré, comme si la question lui paraissait totalement saugrenue.

— Peter. Et vous ?

— Martine.

— Eh bien, Martine, nous sommes dans de beaux draps ! C'est bien comme ça qu'on dit ?

Elle se contenta de sourire intérieurement. Il alluma une cigarette et se mit à arpenter nerveusement le hall, en balançant sa sacoche sur son dos. Elle alla s'asseoir dans un fauteuil qui venait de se libérer à la suite d'un remous de foule et, ne voyant rien de mieux à faire, sortit de son bagage un des livres qu'elle avait emportés, se mit à le lire. C'était *le Regard froid* de Roger Vailland. Au bout d'un moment, Peter revint vers elle et, soulevant d'un doigt la couverture du livre :

— Ah, je connais ! dit-il.

— Vous connaissez ?

— Oui, il y a bien là-dedans un chapitre sur le cardinal de Bernis ?

— En effet.

Elle ne lui cacha pas qu'elle admirait son érudition. Il lui expliqua qu'il était historien, professeur d'histoire des religions, qu'il était venu à Bagdad avec les siens, à l'occasion d'un congé sabbatique, pour un travail sur les couvents des anciens califats, qu'il avait sillonné tout le Moyen-Orient pour sa documentation. Puis il ajouta, d'un air désabusé :

— L'érudition en ce moment ne nous est pas d'un grand secours.

— Patience. Nous allons bien sortir de là.

— Si nous allions boire un café en attendant ?

Mais le bar de l'hôtel était fermé. Il y avait bien une buvette de fortune : elle était elle aussi prise d'assaut. Peter déboutonna sa chemise jusqu'à la ceinture, comme s'il étouffait, puis se remit à marcher de long en large, s'épongeant le front de son mouchoir. Martine, jambes croisées dans son fauteuil, s'était remise à lire. Il revint vers elle un quart d'heure après.

— Et vous, personne ne vous attendait ?

— Je ne sais pas.

— Comment vous ne savez pas ?

— Je ne connais pas ceux qui devaient m'attendre.

161

— Téléphonez.

— On peut ?

— Il y a une cabine qui s'est dégagée. J'ai essayé. Ça ne répond pas chez moi. Je suis sûr qu'ils sont à l'aéroport. Vous aurez peut-être plus de chance.

Martine regarda sa montre, hésita, puis déclara qu'elle allait essayer.

— Je vous confie le livre, dit-elle. Et surveillez mes affaires.

Elle dut malgré tout faire la queue. Elle composa le numéro des services culturels français à Bagdad, mais il était obstinément occupé. Elle essaya d'appeler Grimberg mais la communication fut aussitôt coupée. Elle tenta d'avoir la France, mais l'appareil maintenant refusait tout. Un groom qui appartenait sans doute au service de l'hôtel et se faufilait entre les groupes comme un petit télégraphiste vint dire dans un mauvais anglais qu'il fallait renoncer, qu'un standard spécial allait être installé, que chacun pourrait téléphoner ensuite où il voudrait, mais que tout cela prendrait du temps.

— Ce qui est atroce, dit Peter en la voyant revenir et en lui rendant le livre, c'est que personne n'est responsable de rien. A qui s'adresser ? A qui se plaindre ?

— Eh bien, dit Martine, gardons le regard froid.

Ce fut par un haut-parleur qu'ils apprirent ce qui les attendait. Ils devaient se préparer à remonter à bord d'un autobus qui les emmènerait cette fois vers une destination que l'on ne pouvait pas révéler, mais ils n'avaient aucune inquiétude à avoir, ils seraient bien traités, bien installés, bien nourris, ils devaient considérer ce détour comme une simple péripétie due à l'encombrement et au désordre général qui régnaient en ce moment à Bagdad, notamment dans les hôtels, et dont les responsables, la voix féminine qui se faisait entendre dans le haut-parleur le rappela avec suavité en plusieurs langues, étaient ceux qui se livraient à une agression inadmissible contre l'Irak et son peuple. Il s'ensuivit une vraie houle où chacun demandait que les relations téléphoniques soient rétablies, que des messages puissent être envoyés, qu'une collation soit servie avant ce transfert, que des explications claires soient données. Un groupe de passagers de la *British Airways* se démenait avec une frénésie particulière. De tout côté, on criait, on appelait, on menaçait, on vitupérait. La voix féminine se fit encore plus suave pour dire qu'on allait essayer de donner satisfaction à tout le monde, mais qu'il fallait pour l'instant reprendre place dans les bus assignés à chaque groupe.

Martine et Peter n'eurent pas trop de mal à trouver le leur : c'était celui qui les avait déjà conduits de l'aéroport à l'hôtel. Mais de nombreux autres véhicules attendaient, encerclés par les soldats.

— Regardez ça, dit Peter exaspéré, on se croirait à Drancy, vous voyez que je connais bien votre histoire, mieux que vous sans doute qui paraissez si calme, non ? Je me trompe ? On ne va pas se laisser emmener n'importe où ! J'exige des informations.

Une hôtesse irakienne lui dit de ne pas s'agiter, que tout cela allait s'arranger dans quelques minutes, qu'il était impossible de les laisser sortir dans la ville pour des raisons de sécurité, qu'elle s'excusait beaucoup des désagréments causés par la violence impérialiste qui s'exerçait contre son pays. Et elle le fit monter, ainsi que Martine, dans le bus. Ils y retrouvèrent quelques-uns des copassagers de leur vol, ainsi que plusieurs des naufragés de la *British Airways*, particulièrement mécontents d'être détournés d'un voyage vers l'Inde.

Commença alors une effroyable aventure. Le bus n'avait pas roulé sur plus de cinq kilomètres le long de hauts remparts de pierre rouge qu'on leur fit savoir qu'ils étaient conduits à Bassora dans le sud du pays. Ils devaient être patients et disciplinés. Peter se leva d'un bond, se dirigea vers un homme à moustache drue dont l'uniforme ne permettait pas de dire s'il était un portier de l'hôtel ou un policier, qui se tenait près du chauffeur, et l'interpella vivement. Il ne répondit rien. Martine se leva à son tour et déclara qu'elle était diplomate, qu'elle voulait prendre contact avec son ambassade. L'homme se fit un peu plus aimable pour dire que c'était évidemment impossible, mais qu'elle pourrait le faire à leur arrivée. Dans une totale confusion de langues, d'autres passagers du bus intervenaient pour essayer d'obtenir un peu plus de détails du chauffeur et de son acolyte. Aux abords d'une carrière, le bus s'arrêta et on crut un instant qu'il allait interrompre son trajet. En fait, une escouade de soldats monta à bord. Dès lors, ce fut un concert de protestations et de cris. A travers les vitres, on apercevait des tanks qui remontaient la route, des camions chargés d'immenses conteneurs. Ordre fut donné de tirer tous les rideaux et le voyage continua dans une lugubre pénombre. Martine avait réussi à s'asseoir à côté de Peter, qui paraissait accablé. Elle reconnut devant eux le copte barbu au chapelet d'ambre de l'avion et lui tapa sur l'épaule. Il se retourna, lui fit un sourire qui ressemblait à une grimace et lui dit :

— Tiens, la Française ! Vous pensiez tout à l'heure qu'ils allaient arrêter le bus pour vous laisser descendre ? Vous n'êtes pas bien renseignée !

— Vous l'êtes, vous ?

— Chère mademoiselle, nous avons été choisis pour être des "boucliers humains". J'ai appris mon français en Egypte. Je savoure cette expression. J'espère que vous la savourez comme moi.

— Qu'est-ce que cela veut dire ?

— Cela veut dire que, depuis que la marine de guerre américaine a tiré un coup de semonce sur un tanker irakien, le président Saddam Hussein considère qu'il est en butte à des actes hostiles et que son pays est menacé…

— C'est tout de même lui qui a envahi le Koweit, non ? interrompit brutalement Peter.

— Attendez, laissez-moi finir… Il veut donc le protéger à tout prix et dissuader l'adversaire éventuel, il n'a pas trouvé de meilleur moyen que d'envoyer les étrangers sur des sites stratégiques, il y en a à peu près deux millions actuellement sur le territoire de l'Irak, il a décidé qu'il y en aurait au moins dix mille qui deviendraient des otages, voyageurs en transit compris, nous sommes du lot !

— Et d'où tenez-vous ces réjouissantes nouvelles ?

Il montra discrètement un poste de radio muni d'écouteurs qu'il tenait dissimulé dans les plis de l'espèce de soutane de bure qu'il portait, ajoutant à voix basse :

— Je ne voudrais pas qu'ils me le confisquent.

— C'est pour cela, dit Martine, qu'il y avait toute cette panique au départ ? Les nouvelles sont tombées ce matin ?

— On en parle depuis plusieurs jours déjà. Mais tout le monde croyait à un bluff.

Le bus continuait à rouler, rideaux baissés. On entendait toujours des bruits de blindés, de lourds véhicules dans le lointain. Des lamentations, des plaintes avaient succédé aux protestations et aux invectives. On réclamait à manger, à boire. La chaleur était accablante. Un des soldats qui étaient montés à bord fit savoir que l'on allait distribuer des boissons aux passagers. Comme il ouvrait au couteau un immense carton de boîtes de bière au fond du bus, Martine tout d'un coup se leva, en déclarant :

— Je vais l'aider.

Son attitude sembla pétrifier de stupeur ses voisins, en particulier Peter qui la regardait sans comprendre.

— Eh bien, quoi ? dit-elle. Il faut faire quelque chose, on ne va pas rester là, inertes, comme des mannequins, nous serons peut-être des boucliers humains, mais nous ne sommes pas pour l'instant des otages ligotés, bougeons, remuons, et puisqu'on nous propose de boire, buvons !

Elle prit des boîtes dans le carton et commença à en lancer aux uns et aux autres, avec l'aide du soldat qui, d'abord surpris de cette initiative, paraissait maintenant apprécier le geste de coopération.

— Je me souviens du temps où j'étais secouriste ! dit-elle en passant près de Peter et en lui lançant une boîte qu'il ouvrit aussitôt pour ingurgiter d'un trait la bière fraîche.

D'autres passagers buvaient avidement.

— Il faudrait du lait pour les enfants ! dit-elle aussi.

Le soldat, au fond, fit des gestes de dénégation. "Embargo, embargo", cria un autre militaire, comme pour expliquer que, s'il n'y avait pas de lait, c'était à cause des mesures de rétorsion prises contre son pays. De fait, des enfants commençaient à pleurer et à s'agiter çà et là. Leurs parents paraissaient avoir de plus en plus de mal à les calmer ou simplement à les retenir auprès d'eux. Martine se mit en devoir de les apaiser par de petits gestes affectueux ou des mimiques drôles, leur donnant aussi quelques bonbons qu'elle avait dans ses poches, quelques plaquettes de chewing-gum récoltées parmi les voyageurs.

— Voilà, dit-elle, on s'organise !

Elle passa longuement un kleenex sur le front d'un gamin blotti contre le ventre de sa mère. Elle essuya ses joues, sa bouche aussi, tint un moment son poignet entre ses doigts comme pour prendre son pouls et le fit envelopper dans une couverture rangée dans le filet à bagages. Puis, revenant vers Peter qui écumait une deuxième boîte de bière :

— Il faudrait dire quelque chose à ces gens-là, leur expliquer…

— Ce n'est pas à nous de le faire, et de toute façon, nous ne savons rien.

— Au moins leur parler…

— Et dans quelle langue voulez-vous leur parler ? Vous voyez bien que c'est la tour de Babel. Demandez un micro au conducteur ou au flic, si vous voulez les haranguer.

— Il doit bien y avoir une langue qui soit comprise de tout le monde !

— Qu'est-ce que vous voulez dire ? Vous êtes folle ?

— La musique.

— Quoi ?

— J'ai vu des cassettes tout à l'heure dans votre sac.

— Oui, et alors ?

— Passez-m'en une.

Il posa sur elle un regard appuyé qui témoignait d'une grande perplexité, sinon d'une évidente réprobation. Mais il fouilla dans son sac et finit par en tirer deux ou trois cassettes qu'il lui tendit. Elle les examina, puis en retint une : c'était un concerto pour piano de Mozart.

— Voilà, dit-elle, c'est une langue pour tout le monde !

— Et comment allez-vous la faire entendre ?

Elle tapa sur l'épaule du copte et lui demanda si sa radio pouvait recevoir des cassettes. Après avoir constaté que oui, elle le pria, avec une moue suppliante et charmeuse, de la lui prêter dans l'intérêt de tous. Il hésita, bougonna, mais s'exécuta. Martine mit la cassette en place, s'installa au milieu du bus dans le couloir central, ouvrit le son à plein volume. Les thèmes, les couleurs galantes et les éclats du *Premier Concerto* de Mozart envahirent le bus, plus forts que le roulement des tanks, les cahots de la route et les pleurs des enfants.

A Bassora, où ils étaient maintenant depuis une semaine, la vie s'organisait dans les conditions les plus précaires. Il n'était plus question d'hôtel ni même de résidence simplement acceptable. Le lieu où ils se trouvaient ressemblait à une suite de baraquements aux fenêtres munies de barreaux, aménagés de façon sommaire. Des lits de camp avaient été dressés dans les pièces nues, avec quelques meubles de fortune, des étagères improvisées, pour ranger les bagages. Martine avait eu un haut-le-cœur en voyant, dans la salle qui lui était assignée, une immense bassine pleine de riz, posée à même le sol, comme une réserve de nourriture proposée à des bêtes, et un peu plus loin une baignoire où s'entassaient des bouteilles d'eau minérale. C'était là les perspectives de vie qu'on leur offrait. Et pour combien de temps ? Le plus angoissant était de ne pas savoir où l'on était. Tout à côté d'un réacteur nucléaire, avaient dit certains, et cela avait aussitôt semé la terreur. Dans la proximité d'une simple usine de motos à usage militaire, avaient dit d'autres. Mais on demeurait dans le doute sur la nature exacte du "site stratégique". Tout ce qu'on avait pu savoir par un des gardiens, c'était que l'on se trouvait vraiment très près de Bassora.

— Une ville que je voulais voir en touriste ! disait Peter. Il paraît que c'est Venise avec des palmeraies. Ils ne nous laisseront pas y aller.

— Nous verrons bien, dit Martine. Nous ne sommes tout de même pas des prisonniers ?

C'est la question qu'ils posèrent, en montrant les barreaux des fenêtres à une infirmière irakienne préposée à leur surveillance, qui semblait mieux informée que les gardes. Elle ne put dissimuler son embarras, malgré la bonne volonté qui l'animait.

— Non…, dit-elle, sûrement pas…, mais les conditions de ce séjour font que nous ne pouvons envisager que... des déplacements collectifs… Nous tâcherons de vous emmener tous à Bassora, pour une journée, avec le bus… en attendant…

— En attendant…

— Soyez patients, je vous en prie.

Elle avait dit cela d'un air sincèrement désolé, presque consterné, avant de s'éloigner d'un pas léger à travers les carrés d'herbe brûlée qui bordaient les baraques. Il faisait une chaleur de plus de quarante degrés. Ils se demandaient tous s'ils pourraient seulement survivre. Les bruits les plus fous couraient sur les limites de l'approvisionnement en eau. Et les conditions d'hygiène se révélaient déplorables. Des toilettes rudimentaires. Quelques douches en mauvais état. Des baignoires, mais qui semblaient, comme celle des bouteilles d'eau minérale, destinées à servir de frigos ou de garde-manger.

L'affolement et l'irritation des premiers jours avaient fait place à une sorte d'énorme résignation accablée. Le seul espoir que l'on avait était que cela ne durerait pas, que cette situation incroyable serait forcément amenée à prendre fin, que les ambassades, les postes diplomatiques, les ministères, les gouvernements interviendraient. Mais les nouvelles étaient rares, faute de journaux. Et celles que l'on pouvait tirer par bribes de quelques postes de radio clandestins (ceux qui s'étaient montrés au grand jour ayant été, comme on l'avait craint, confisqués) demeuraient incertaines, sinon alarmantes. Tel ou tel "otage" se voulait pourtant mieux informé. Des nouveaux venus s'étant ajoutés aux premiers, dans un brassage dont on comprenait mal la signification, il se rencontrait dans le lot des hommes et des femmes qui se voulaient un peu plus actifs et décidés que leurs compagnons d'infortune. Ainsi, un médecin japonais, d'allure très roborative, un homme d'affaires suisse, qui assurait à qui voulait l'entendre qu'un comité de soutien aux otages et à leurs familles était en train de se constituer à Genève et qu'une plainte officielle avait été déposée à l'ONU contre Saddam Hussein pour "arrestation et séquestration arbitraire de personnes".

Au moment même où il disait cela, l'infirmière était venue vers le groupe qui écoutait ces propos, en agitant les bras avec une expression joyeuse (au point qu'ils crurent tous un instant à la nouvelle d'une libération prochaine), pour attirer leur attention sur un portrait géant du chef de l'Etat irakien que l'on venait de tendre, à la manière d'une haute tapisserie, sur l'étrange tour en forme de ziggourat qui se dressait entre les baraquements.

— Notre président, disait-elle, sera désormais avec vous. Il vous fait savoir que tout sera fait pour votre sécurité, et même votre distraction.

Martine, jetant un regard oblique sur l'effigie, évalua rapidement la hauteur de la moustache. Il y avait bien, dans le groupe, des velléités de promenade, mais l'environnement était si sec, si désolé que le découragement venait vite. Les soldats qui patrouillaient sans cesse, fusil à l'épaule, les chiens errants qui rôdaient çà et là, les poubelles amoncelées offraient d'ailleurs un spectacle plutôt dissuasif.

Il y eut un jour une distribution de courrier et Martine eut la surprise de recevoir un message de Serge Grimberg qui lui disait en termes laconiques mais précis que l'on savait où elle était, que l'on agissait pour elle, qu'on allait la sortir du mauvais pas où elle se trouvait, qu'elle n'avait qu'à s'armer d'endurance et de patience. Il ajoutait le post-scriptum télégraphique suivant : Regrettons vraiment cette mission. Elle reçut en même temps un télex de Bagdad l'informant qu'on était venu l'accueillir, mais qu'on n'avait pu la joindre dans la confusion de l'aéroport, qu'un émissaire serait envoyé vers elle dès que possible. Peter, lui, n'eut rien : ni lettre ni message. Il se demandait si sa famille n'était pas dans la même situation que lui, peut-être sur un autre site, peut-être dispersée. Il avait du mal à surmonter une angoisse qui le gagnait de jour en jour et qu'aggravait le malaise général de ces hommes et de ces femmes, autour de lui, qui n'avaient à échanger que leur accablement.

Martine, en les observant, s'était très vite convaincue que la seule attitude à adopter était celle de la solidarité active. Comme elle l'avait fait lors du trajet en bus, elle mobilisait ce qu'elle appelait son instinct de secouriste pour essayer d'aménager un peu la vie qui leur était imposée. Elle s'occupait des enfants, elle aidait à la répartition des vivres, imaginait des accommodements divers pour assortir le riz et la viande molle qui étaient la pitance ordinaire, ramassait des boîtes en fer-blanc qui traînaient pour y planter quelques fleurs sèches, organisait des réunions, des jeux, des veillées. Elle s'efforçait aussi de parler aux uns et aux autres, malgré la difficulté des communications qu'il fallait sans cesse surmonter, et surtout d'écouter.

Ses journées étaient si remplies, malgré le désœuvrement général, que parfois, le soir, elle rejoignait son baraquement épuisée. Elle prenait une douche dans une cabine de tôle des plus inconfortables, mais le ruissellement de l'eau fraîche sur ses épaules et ses reins la rappelait à un certain goût du plaisir et de la vie. Elle fut surprise une fois par un gardien qui détourna vite un regard qu'elle devina plus courroucé que troublé. Elle s'attendait à une semonce pour n'avoir pas mieux refermé la porte de tôle, mais curieusement il lui offrit un tee-shirt où était imprimé, une fois de plus, le visage du chef de l'Etat irakien ; un stock de tee-shirts de ce type venait d'être distribué pour encourager les otages occidentaux à ne pas exhiber leurs torses nus aux yeux des gardes, comme ils avaient un peu trop tendance à le faire. Martine se garda d'user de ce vêtement, mais s'enroula dans un drap frais en attendant l'heure du sommeil. C'était une soirée relativement tempérée, l'excessive chaleur des jours derniers était tombée. Elle s'était assise devant une table de bois blanc et, son stylo à la main, entreprenait d'écrire quelques lignes à l'intention de Pierre Cas, car on venait de faire savoir qu'il y aurait le lendemain un départ de courrier à destination de l'étranger.

Elle nota, d'une écriture un peu lasse, mais qu'elle voulait appliquée :

"Cher professeur,
Je suis dans une situation incroyable, à laquelle je n'aurais jamais songé, même dans mes plus grands moments d'égarement imaginatif. Je suis transformée en «bouclier humain», ce qui me donne tout d'un coup un étrange sentiment de mon corps. Le voilà destiné à s'interposer entre la terre et je ne

sais quel cataclysme. Je croyais que les corps des hommes et des femmes étaient faits pour autre chose qu'éloigner le feu destructeur du ciel, mais il faut sans doute que je révise mon point de vue. Quoi qu'il en soit, j'espère être un bon bouclier, très efficace, très protecteur. D'autres ici emploient l'expression plus triviale de «sacs de sable» pour dire ce que nous sommes devenus. Et c'est vrai que peu à peu notre chair devient sable dans ce désert. Mais j'espère qu'il y aura une fin. Bientôt. Ne m'oubliez pas, et, si vous le pouvez, aidez-moi.

Martine."

Après quoi, elle s'installa dans un rocking-chair délabré pour se donner le temps d'une lecture. Après tout, si elle ne voulait pas se défaire tout à fait dans les épreuves quotidiennes, il fallait qu'elle sauve aussi cette part d'elle-même qui se vouait aux livres. Elle lisait depuis un moment, roulée dans son drap, lorsque la porte de la baraque s'ouvrit et qu'apparut Peter. Il semblait hésiter à entrer, son visage avait quelque chose de décomposé, ses cheveux formaient une tignasse noueuse, il était torse nu, le pantalon déchiré, troué, mais un sourire errait malgré tout sur ses lèvres.

— Tiens ! dit Martine. Vous voilà dans un bel état.

— Je n'ai plus rien à me mettre.

— Ça tombe bien !

Elle lui lança le tee-shirt qu'on lui avait donné. Quand il vit de quelle façon il était décoré, il le froissa avec rage et le jeta loin de lui.

— Asseyez-vous où vous pouvez, dit-elle.

Il s'assit par terre.

— Vous lisez. Vous avez de la chance et du courage.

— En effet.

— Et que lisez-vous ?

— *Un cœur sous une soutane*. Cela pourrait vous intéresser, vous le théologien. C'est un texte d'Arthur Rimbaud. Vous connaissez ?

D'un mouvement de tête, il indiqua qu'il connaissait Rimbaud, comme tout le monde, mais il préféra répondre :

— Je ne suis pas un théologien. Professeur d'histoire des religions, c'est différent, ne vous trompez pas.

Elle le fixa d'une manière appuyée, amusée.

— Eh bien, professeur, vous devriez lire cela.

— Je n'ai pas votre énergie.

— N'oubliez pas que l'on va fêter le centenaire de la mort de Rimbaud l'année prochaine. Il n'a jamais été aussi actuel.

Il eut un nouveau geste évasif.

— Je préférerais que vous me donniez à boire.

— Je n'ai plus qu'une demi-bouteille d'eau minérale. Nous la partageons ?

Elle se leva, alla chercher la bouteille.

— Je n'ai même pas à vous proposer un verre en plastique. Ça ne vous fait rien de boire au même goulot que moi ?

Il se leva, prit la bouteille avec brutalité.

— Non, dit-il.

Il but. Elle observait sa pomme d'Adam qui montait et descendait. Elle but à son tour. Il voyait son bras levé qui tirait le haut de sa poitrine au-dessus de la lisière du drap. Il voyait la luisance de sa peau dorée, coupée par la blancheur de l'étoffe.

— Ne regardez pas mon drap, dit-elle. Il a besoin d'être lavé.

Il resta silencieux un moment, puis :

— En d'autres circonstances…

— Taisez-vous, dit Martine en posant un doigt sur ses lèvres.

Nouveau silence. On entendait au loin des voix qui psalmodiaient des récitatifs monotones. C'était sans doute l'heure de la prière pour les gardiens. Peter se rassit, se prit la tête dans les mains.

— Tout cela est tellement absurde. Colossalement absurde. Mon cerveau aussi aurait besoin d'être lavé.

Un matin, on entendit des détonations. Puis, une succession de bruits sourds, comme des explosions. Ils sortirent en hâte des baraques, mais les gardes les y firent promptement retourner, avec des cris et dans une atmosphère de panique, disant qu'il y avait une alerte générale. En quelques minutes se répandit le bruit d'un bombardement, d'une attaque sur le site. Deux hommes qui avaient pu grimper sur les toits, par une trappe, affirmaient avoir aperçu de hauts panaches de fumée noire et déclaraient que si le réacteur nucléaire (mais quel réacteur ? personne n'était sûr de son existence) était touché, l'heure de l'apocalypse allait sonner pour eux tous. Il s'agissait en réalité d'un incendie qui s'était déclaré dans un arsenal, mais la surexcitation des esprits était telle que les interprétations les plus démentes s'étaient répandues comme une traînée de poudre. Le plus curieux était que les soldats irakiens eux-mêmes n'échappaient pas à cette folie, au point que des échauffourées avaient éclaté entre eux, certains étant persuadés d'une attaque et s'enfuyant, d'autres tentant de les ramener à la raison et à la discipline.

A travers les murs des baraquements, on entendait des coups de feu et on pouvait avoir l'impression que de véritables engagements avaient lieu.

— Ils sont devenus fous, dit Martine.

Et elle ouvrit une porte pour voir ce qui se passait. Une balle vint se ficher dans le montant du bois, à quelques centimètres de son front.

— C'est vous qui êtes folle, dit Peter en la tirant violemment par le bras à l'intérieur.

Elle respira profondément pour se ressaisir, pâle, les yeux immenses.

— Ouf ! dit-elle. Du plomb dans la tête. Mme d'Andelot a failli avoir raison.

— Quoi ?

— Vous ne pouvez pas comprendre.

Tous se demandaient ce que ces tirs pouvaient bien signifier, jusqu'à quand cela allait durer. On entendait des sifflets, des aboiements de chiens, de nouveau des coups de feu. Puis, il y eut un silence relatif. Il ne dura pas longtemps. Des cris, des bruits de toute sorte, un remous sourd trahissaient maintenant comme un obscur mouvement de foule. Une longue plainte s'éleva, un sanglot peut-être, les pleurs d'un enfant.

— Il faut sortir, dit Martine, il faut voir ce qui se passe.

Cette fois, personne ne la retint. Ils étaient même plusieurs à l'accompagner. Ils eurent du mal à se frayer un chemin au milieu de la bousculade. Les tirs avaient cessé, mais on apprit qu'un enfant avait été atteint par une balle perdue. C'était une petite Irakienne de six ans, touchée à la cuisse, alors qu'elle s'était aventurée là pour rattraper un chien. Elle habitait dans le voisinage, une maison de torchis, et venait souvent jouer autour des baraques. Un soldat la tenait dans ses bras, tout ensanglantée, tandis que des femmes les entouraient, pleurant, hurlant, poussant des you-you. On réclamait de l'aide, du secours.

Martine chercha partout l'infirmière, mais elle avait quitté le camp. Elle pensa au médecin japonais. Il fallut le réveiller, car curieusement il s'était mis à l'abri du tintamarre en s'enfouissant dans son lit de camp. Elle le secoua, lui expliqua les choses comme elle put et l'entraîna vers la maison de terre croûteuse sur le seuil de laquelle toutes sortes de gens s'attroupaient, au milieu des soldats, des gardiens. Peter était déjà là. Il essayait de calmer tout ce petit peuple en transe, mais se sentait gagné lui-même par le délire.

La fillette, prénommée Hirca, était étendue sur une paillasse, silencieuse, mais le visage terrorisé. Fort heureusement sa blessure était légère. Le médecin japonais réussit à extraire la balle, nettoya la plaie et fit un pansement improvisé avec quelques bouts d'étoffe. On décida ensuite de transporter l'enfant dans un hôpital de Bassora, dès que l'infirmière serait là et pourrait appeler une ambulance. La mère, une Irakienne drapée dans de longs voiles noirs élimés, ne cessait pas de pleurer, tout en marmonnant des bribes de prière. Martine essayait de lui parler, de se faire entendre d'elle, mais n'y parvenait pas. Elle remarquait d'ailleurs avec étonnement qu'elle ne cessait pas d'aller et venir dans la maison comme si elle tournait dans une cage, de se rendre en particulier dans une pièce voisine, pendant qu'on pansait Hirca, comme si elle voulait y surveiller quelque chose. Martine voulut en avoir le cœur net et passa dans cette pièce, malgré les objurgations de la femme qui semblait vouloir l'en empêcher.

Ce qu'elle vit la cloua. Un autre enfant était là, un garçon d'une dizaine d'années, couché au milieu de chiffons, pâle, maigre, les yeux clos, le souffle court.

— Il est blessé lui aussi ? demanda-t-elle.

Mais la femme ne comprenait pas. Elle ne voulait qu'une chose : qu'on sorte, qu'on les laisse tranquilles. Martine la bouscula, alla chercher les autres.

— Venez, dit-elle, il y a encore pire ici.

Ils entrèrent dans la pièce, s'approchèrent du grabat, mais constatèrent que le garçon n'était pas blessé. Simplement malade, sans doute. Ce n'était, hélas ! pas le moment de s'occuper de lui. Le cas de sa sœur était plus urgent. Le médecin japonais prit son poignet pourtant et constata qu'il avait une forte fièvre. Il l'ausculta et eut un hochement de tête qui ne présageait rien de très rassurant. Il fit de la main un geste de lassitude, d'impuissance. Quand il fut sorti, Martine prit à son tour le poignet de l'enfant et s'agenouilla auprès de lui. Elle le vit soulever avec difficulté ses paupières et esquisser un faible sourire. Elle eut l'impression qu'il était en train de mourir.

Le lendemain, tout s'était calmé. Mais des hélicoptères sillonnaient régulièrement le ciel, laissant toujours planer d'obscurs périls et l'angoisse continuait à rôder. Les soldats semblaient encore nerveux : des officiers de la garde présidentielle qui étaient venus enquêter avaient décidé quelques mises aux arrêts pour rétablir la discipline. Personne ne semblait comprendre ce qui s'était exactement passé, la seule chose sûre étant qu'une vraie psychose de guerre régnait autour du camp, lourde de réactions imprévisibles. Une ambulance avait emporté la petite blessée, mais d'autres menaces semblaient peser.

Martine ne pouvait s'ôter de l'esprit l'image du petit garçon malade, là-bas, dans la maison de torchis. La mère devait être totalement désemparée. Elle décida d'y retourner. La femme avait complètement changé d'attitude, comprenant sans doute qu'elle n'avait rien à cacher et qu'on voulait la secourir. Elle se lança dans des propos confus, hachés, fébriles et offrit un verre d'eau où nageait une feuille de menthe. Martine essaya de lui expliquer que sa fille serait bien soignée, mais qu'il fallait aussi s'occuper du garçon. Elle demanda à le revoir, s'agenouilla de nouveau près de lui, s'enquit de son nom, crut entendre qu'il s'appelait Nazim.

— Nazim, dit-elle très doucement.

Il ouvrit les yeux, mais ne sourit pas cette fois. Elle lui dit un mot en arabe, deux mots en anglais. Il ne réagissait guère. Quelque chose de très serein pourtant passait sur ses traits, comme s'il éprouvait un immense bien-être du contact que lui offrait cette jeune femme en lui tenant la main, en caressant son front. Le visage était pur, fin, racé, avec des pommettes un peu hautes et un nez légèrement busqué. Les yeux brillaient, vifs comme des grains de café, à cause sans doute de la fièvre. Une fine sueur perlait sur les tempes, sous les cheveux bouclés.

— Nazim ? répéta Martine.

Il serra légèrement sa main dans la sienne, la regarda fixement, sourit, laissa échapper un faible soupir.

— Mais il faut faire quelque chose ! dit-elle.

Elle avait eu le sentiment de parler pour elle seule, dans le vide. Une voix répondit dans son dos, derrière ses épaules :

— Faire quoi ?

C'était Peter. Il était venu la rejoindre. Il laissait descendre sur elle un regard traversé de la plus totale désolation. La mère du garçon s'était assise avec une autre femme sur un entassement de coussins multicolores déchirés d'où sortaient des touffes de paille, des lambeaux de tissu. Elles pleuraient toutes les deux, gémissaient, se labouraient la figure de leurs ongles.

— Elles disent qu'elles n'ont rien à lui donner, rien à manger et pas de médicaments.

On entendait maintenant des bruits dans la pièce principale, un brouhaha, des éclats de voix. Peter alla voir ce qui se passait. Il revint en disant :

— Ils sont plusieurs à s'agiter, à protester.

— Contre notre présence ? demanda Martine.

— Pas exactement. Mais ce n'est pas très facile de comprendre ce qu'ils disent, ce qu'ils veulent.

Un homme entra, coiffé d'un turban jaune, assez jeune, véhément, agressif. Il se mit à parler en anglais à la cantonade, comme s'il voulait prendre tout le monde à témoin de sa colère.

— C'est quelqu'un de la famille, dit Peter. Il déclare que tout ce qui arrive est de notre faute. Que si cet enfant est à l'agonie, c'est à cause de nous. Que s'ils n'ont plus rien à manger, c'est à cause de nous. Que s'ils n'ont plus les médicaments qui leur sont nécessaires, c'est à cause de nous et de notre embargo. Ce mot revient avec fureur dans sa bouche ! Ecoutez-le !

L'homme ne cessait pas de crier. Puis, tout d'un coup il s'arrêta, changea d'expression, poursuivit d'une manière plus calme comme s'il voulait convaincre cette fois. Des plis douloureux déformaient son visage.

— Il dit que nous avons de meilleures conditions de vie qu'eux dans nos baraques. Qu'on nous traite bien, trop bien. Et que nous sommes juste bons à des simagrées.

— Il n'a pas tout à fait tort, dit Martine. Il serait temps de faire quelque chose pour cet enfant. Allez chercher le médecin.

Peter partit, sans conviction. Il revint au bout d'un moment en disant que le Japonais faisait des exercices de méditation zen et ne voulait pas s'interrompre : il proposait que l'on fasse transporter le petit garçon lui aussi.

— Voilà tout ce que j'ai pu trouver, dit Peter.

Il montra au creux de sa main quelques cachets que lui avait laissés l'infirmière.

— Et ceci.

C'était un pot de yaourt. A la vue de cet objet, ils se mirent tous à pousser des cris, comme s'il s'agissait d'un talisman salvateur. Martine pensa que Nazim était peut-être vraiment tourmenté par la faim autant que par la fièvre. Elle prit le pot, l'ouvrit, demanda une cuillère que la mère apporta et, soulevant la nuque de l'enfant, entreprit de faire glisser un peu du liquide crémeux entre ses lèvres. Il absorba deux ou trois gorgées, sourit et ferma les yeux. La mousse blanche autour de sa bouche se mêlait à une écume rosâtre. Sa tête retomba en arrière. Martine s'aperçut alors qu'il n'était plus seulement en train de mourir, mais qu'il était mort. Elle lança le pot par terre avec violence et se jeta dans les bras de Peter qui la serra longuement. Des pleurs, des gémissements, des sanglots, des cris d'hommes et de femmes envahissaient la maison.

Il fallut un jour, sans préavis, plier bagage et remonter dans un bus. Les "otages" étaient transférés. Où ? On ne le leur disait pas, mais des rumeurs laissaient entendre que le plan prévu pour la défense des objectifs stratégiques jugés menacés reposait sur une rotation, des dispositions "tournantes". Les boucliers humains ne devaient pas demeurer plus de deux semaines sur le site qu'ils étaient supposés protéger. Or le séjour au sud de Bassora durait depuis déjà un mois. On allait remonter maintenant vers le Nord.

Il y eut de nouveau les épreuves d'une route cahoteuse encombrée de convois militaires. De nouveau, la promiscuité, la chaleur, le manque d'hygiène. Et surtout l'absence, torturante, d'informations. Le copte, qui prétendait toujours tout savoir et avait pu conserver sa radio, disait qu'il était sûr qu'on les emmenait dans les environs de Diwaniyya sur l'Euphrate, où se trouvait une fabrique d'obus ou une installation d'abris anti-guerre chimique, il ne savait pas au juste, mais il était certain de l'importance de l'objectif. Il ajoutait que le péril qu'ils allaient encourir cette fois était des plus sérieux, car le président Bush avait fait savoir, par la bouche de James Baker, qu'il ne reculerait pas, qu'il n'y aurait aucun sursis pour l'agresseur, si le Koweit n'était pas évacué dans les meilleurs délais. Une nouvelle résolution du Conseil de sécurité de l'ONU était venue appuyer le point de vue de la Maison-Blanche. On allait de toute évidence vers de catastrophiques affrontements.

C'est dans ce climat démoralisant qu'ils arrivèrent, après bien des fatigues, dans une sorte de vaste camp, apparemment mieux aménagé que le précédent, mais qui évoquait une construction improvisée au milieu d'un désert. L'impression dominante était qu'il était impossible de sortir de ces lieux sans se perdre dans des espaces brûlés et le plus curieux semblait être l'absence de toute perspective : aucune ville ne se découvrait dans les lointains, aucun bâtiment militaire, malgré ce qu'on avait pu dire (mais on murmurait que c'était derrière la haute rangée de palmiers que l'on voyait à l'ouest que se cachaient les installations), ni même quoi que ce soit qui ressemblât aux maisons, aux cabanes, aux tentes qui environnaient leur précédent lieu de séjour. Seul l'horizon, à l'infini.

Les journées s'écoulaient avec une triste monotonie, coupées par de maigres repas, quelques réunions de discussion et d'information où l'on essayait de faire le point sur les rares nouvelles qui parvenaient, des séances de gymnastique qui se déroulaient sous l'œil soupçonneux des gardes. Un vieux hangar avait été aménagé en salle de ping-pong et là, un jour, Martine et Peter échangeaient

186

quelques balles au-dessus d'une table boiteuse, lorsque l'Américain déclara :

— Là-bas on risquait de mourir de mort violente, ici on risque de mourir d'ennui. De toute façon, ça ne peut plus durer. Partons.

Martine le regarda avec une expression d'immense stupeur.

— Partons où ?

— Je ne sais pas. N'importe où. On ne va pas rester là, à s'envoyer des balles idiotes (qui valent tout de même mieux, j'en conviens, que des balles de fusil) dans un face-à-face idiot.

— Merci. C'est gentil.

— Ne vous méprenez pas, Martine, sur ma pensée. Ce n'est pas du tout ce que vous semblez croire. Je dis simplement qu'il faut "bouger". Vous avez dit cela vous-même un jour, si j'ai bonne mémoire…

— Eh bien, bougeons !

Il posa sa raquette et sembla réfléchir, comme si un projet fou tournait dans sa tête.

— J'ai pensé, dit-il, que nous étions en Mésopotamie. Vous vous rendez compte !

— Oui, dans l'Entre-Fleuves, je me rends compte. Et sincèrement je préférerais découvrir la Mésopotamie en touriste plutôt que dans les lamentables conditions qui nous sont faites. Babylone, Ninive. Oui, j'ai toujours rêvé de ces villes fabuleuses !

— Ce n'est pas à cela que je pensais.

— A quoi alors ?

187

Il reprit sa raquette d'un air pensif, parut hésiter à répondre.

— Au Paradis Terrestre. J'ai la conviction qu'il n'est pas loin.

La stupeur se peignit encore plus forte sur le visage de Martine.

— Eh bien ! dit-elle. C'est là que vous voulez m'emmener ?

Il sortit une carte de géographie de la poche-revolver de son jean, la déplia sur la table. On voyait toutes sortes de petits cercles tracés au crayon rouge entre les tracés bleus des deux fleuves.

— Nous sommes là, pas loin de Diwaniyya sur l'Euphrate, le Tigre est là-bas (il tendait le bras dans une direction bien précise), j'ai la conviction qu'en remontant légèrement vers le nord, nous arrivons au Paradis Terrestre. C'était exactement là. Vous voyez ?

— Je vois surtout que c'est le théologien qui parle.

— Pour la centième fois, je ne suis pas théologien ! Mais je vous propose de visiter le jardin d'Eden. Ça vaut la peine, non ? Vous venez ? Tout de suite.

— Vous perdez la raison, Peter !

— Bon, demain.

— Mais on ne peut pas sortir d'ici. On va nous tirer dessus. Et il n'y a que du sable et de la boue rouge.

— On marchera.

Elle posa sa raquette à son tour, releva la tête, le regarda dans les yeux.

— Bien. On marchera.

Ils marchèrent en effet, après avoir faussé compagnie aux gardiens et s'être équipés de mauvais sacs à dos. Ils emportaient des bouteilles d'eau et de sommaires provisions. Ils pataugèrent d'abord dans la boue rouge en longeant l'Euphrate, puis usèrent leurs chaussures déjà mal en point sur des étendues de cailloux anguleux. L'horizon était toujours aussi lointain, la terre aussi désespérément plate. Il y avait bien quelques bouquets d'épineux qui bordaient çà et là leur chemin, mais le sol restait pauvre et durci de chaleur. Peter le foulait avec une sorte de rage et ne paraissait pas décidé à s'arrêter.

Il fit halte pourtant à un moment donné et se baissa pour ramasser une pierre qu'il retourna longuement dans sa main comme s'il voulait la polir. On aurait dit en fait un gros morceau d'argile, vaguement façonné.

— L'écriture est née ici même, dit-il. De ces cailloux croûteux. On s'en est d'abord servi pour compter les bêtes des troupeaux, puis pour aligner des signes.

Martine ne voyait pas très bien le rapport qu'il pouvait y avoir entre cette boule rougeâtre et les signes de l'écriture, mais il expliqua que les Sumériens, après avoir appris à compter avec des pierres, s'étaient mis en devoir d'apprendre à écrire en traçant des caractères, des pictogrammes sur l'argile qui les enrobait.

— Et ainsi, dit-il, ils ont appris à écrire à tous les hommes. Nous sommes vraiment ici au berceau de toutes les choses de l'humanité.

— A commencer par la vie même, dit Martine. C'est encore loin, le Paradis Terrestre ? C'est épuisant et je ne vois rien approcher.

— C'est nous qui approchons.

— Vous croyez, Peter ?

Il ne paraissait plus décidé à avancer, remuait d'autres pierres, soulevait de petites plaques d'argile, les étirait comme s'il voulait leur donner la forme de tablettes, voulait absolument y découvrir quelques signes gravés. Elle eut l'impression qu'un délire archéologique, aggravé par l'effet du soleil, qui maintenant tapait fort, lui agitait la tête.

— Allons-y ! dit-il tout à coup en se redressant.

Ils marchèrent encore longtemps. C'était une espèce de fuite harassante qui les poussait en avant, sans qu'ils sachent où les portaient exactement leurs pas. Mais Peter regardait de temps en temps sa montre comme il aurait fait d'une boussole, consultait sa carte qu'il pliait et dépliait fébrilement tout en marchant, examinait de petits bouts de papier sur lesquels il avait pris des notes. Finalement, ils virent s'élever à une centaine de mètres devant eux un gros bouquet d'arbres et de buissons fleuris qui apparaissait comme une sorte d'oasis au milieu de ces terres mornes dans un vrai décor de mirage.

— C'est sûrement là ! s'exclama Peter.

Elle l'observait avec une immense perplexité, comme si vraiment elle éprouvait des doutes sérieux sur son équilibre mental. Mais quand ils arrivèrent sur les lieux, elle dut reconnaître que l'endroit avait un caractère assez particulier. D'abord, la fraîcheur et même la luxuriance de la verdure s'imposaient d'une manière indiscutable, après tant d'arpents de sécheresse terreuse. Il devait y avoir là une source ou peut-être un chenal qui rejoignait les eaux proches de l'Euphrate et l'on sentait les bienfaits de cette irrigation qui pénétrait le sol. Des oiseaux chantaient. Surtout, la disposition de la végétation faisait penser à une clairière inversée, c'est-à-dire un ensemble d'arbres cerné par le vide, ouvrant un large espace de vie au milieu de ce vide. Ces arbres étaient pour la plupart des grenadiers, certains portant des grenades rouges, d'autres à peine vernies, luisantes sous le soleil.

— Dommage, dit Peter, que ce ne soient pas des pommiers !

Il paraissait heureux d'être arrivé là, très fatigué, mais réellement content de lui. Martine laissa tomber son sac à dos et s'assit au milieu de la grande plage d'herbe qui s'étendait entre les arbres. Elle se demandait s'il se pouvait que des pommiers aient pu pousser en ces lieux. Mais déjà Peter était allé cueillir une grenade, il la lui rapportait et l'invitait à mordre.

— Vous vous rendez compte de la responsabilité que vous voulez me faire prendre !

— En effet. Vous la prendrez très bien.

Elle mordit dans l'écorce dure de la grenade, fit une grimace prononcée tandis que le jus vermeil barbouillait le contour de sa bouche et que de petits grains rouges perlaient à ses lèvres. Debout devant elle, il la regardait en riant. Elle lui tendit le fruit.

— A vous ! dit-elle.

Il mordit à son tour dans la grenade, les yeux pétillants, comme ranimé par la fraîcheur qui baignait son palais.

— Voilà, dit-il, qui nous console un peu de nos malheurs. Mais vous voyez dans quelle aventure nous sommes jetés ?

— Je vois.

— Alors, continuons-la.

Il lui proposa de mieux s'installer, comme pour un pique-nique de fortune, de mettre sur l'herbe en guise de nappe un keffieh trouvé là-bas dans les baraques, d'y disposer les quelques nourritures qu'ils avaient emportées, d'aller chercher de l'eau à la source. C'était en fait une sorte de bassin d'eau vive, relié au fleuve par une résurgence. Ils s'y abluèrent, s'y lavèrent, s'inondant longuement le visage, les bras, les jambes de cette eau claire. Puis ils revinrent sur la place d'herbe, près des grenadiers. Au moment où ils posaient deux autres fruits nouvellement cueillis sur la nappe, un lézard sortit de sous celle-ci comme un diable, se retourna d'un soubresaut vif, s'immobilisa et parut les regarder fixement.

— Tout est donc complet, dit Peter. Mais, pour que ce soit mieux, il faut passer au commentaire.

Il prit son sac, y fouilla. Elle pensait qu'il allait en sortir quelques biscuits pour compléter leur frugale collation, mais il en tira un gros livre un peu flapi, qu'il ouvrit avec une vénération attentive.

— C'est la Bible, dit-il, j'ai jugé indispensable de m'en munir. Une édition bilingue.

— Parfait. Vous pensez à tout.

— J'espère que vous lisez de temps en temps la Bible ?

— Elle est sur ma liste. Et pour cause.

Il la regarda d'un air vaguement soupçonneux.

— Bien. Il faut que nous regardions les choses de près. Puisque nous sommes l'homme et la femme, autant ne rien laisser dans l'ombre. Nous allons voir ce que dit exactement la Genèse.

— Voyons.

— J'aurais préféré lire cela en anglais, mais par amour de votre langue, Martine, je prendrai la version française.

— J'écoute.

Il chercha, compulsa, suivit du doigt les paragraphes, les signes, les versets.

— Voyons… voyons…, dit-il, le premier point qui devrait nous concerner est ici : "Iahvé Dieu façonna l'homme, poussière tirée du sol, il insuffla dans ses narines une haleine de vie, et l'homme devint un être vivant."

— Bon, c'est fait. Vous êtes là, Peter. Mieux vaut passer au cadre.

— Le cadre ? Bien. Voyons… "Iahvé Dieu planta un jardin en Eden, à l'orient, et il mit l'homme qu'il avait façonné. Iahvé Dieu fit pousser du sol toutes sortes d'arbres désirables à voir et bons à manger, ainsi que l'arbre de vie au milieu du jardin et l'arbre de la connaissance du bien et du mal. Un fleuve sortait d'Eden pour arroser le jardin et de là se divisait pour former quatre bras…"

— Si nous cherchions les quatre bras ! Ce serait une preuve sûre. Là-bas, peut-être entre le bassin et le fleuve…

— Et l'arbre de vie ? Nous en aurions bien besoin, non ?

— L'arbre de l'avenir, surtout. C'est celui qui nous manque le plus. Mais il ne semble pas avoir été prévu.

Elle se leva, inspecta tous les arbres d'un regard circulaire, reprit :

— Ce que je ne comprends pas dans l'arbre de la connaissance du bien et du mal, c'est comment il pouvait exister avant l'homme et la femme. Où sont le bien et le mal, quand personne n'est encore là pour en témoigner ? Allez, le théologien, expliquez-moi !

Il parut irrité une fois de plus par ce terme de théologien, mais ne broncha pas.

— C'est trop compliqué pour vous, dit-il simplement.

— En revanche, j'ai bien noté "des arbres désirables à voir". C'est parfaitement bien dit et tout à fait juste. C'est vraiment ce que je tiens en ce moment dans le champ de mon regard. Bon, si nous passions à la suite ? Adam, c'est bien beau. Mais Eve, elle arrive ?

— La voilà. Ecoutez. Tout le monde connaît cela d'ailleurs : "Iahvé Dieu dit : «Il n'est pas bon que l'homme soit seul : je lui veux faire une aide qui lui soit assortie.» Iahvé Dieu façonna du sol toutes les bêtes des champs et tous les oiseaux du ciel et il les amena à l'homme pour voir comment il les appellerait : le nom que l'homme donnerait à tout être vivant serait son nom. L'homme appela de leur nom tous les bestiaux, les oiseaux du ciel et toutes les bêtes des champs ; mais pour l'homme, il ne trouva pas d'aide qui lui fût assortie. Alors Iahvé Dieu fit tomber une torpeur sur l'homme qui s'endormit. Il prit une de ses côtes et referma la chair à sa place. Iahvé Dieu bâtit en femme la côte qu'il avait prise à l'homme et il l'amena à l'homme…"

— J'avoue que cette histoire de côte m'a toujours un peu tracassée.

— Je reconnais que…

Il avait glissé la main sous sa chemise et se palpait le torse en parlant comme s'il comptait ses côtes.

— Ce n'est pas que ce soit choquant, on peut passer là-dessus aujourd'hui, et après tout votre thorax, Peter, n'a rien de déshonorant, mais c'est physiologiquement que la chose est préoccupante, d'autant plus qu'il s'agit d'une véritable opération chirurgicale avec anesthésie, si les mots *torpeur*, *endormir* ont un sens…

— Il faudrait voir la version hébraïque, dit gravement Peter. En anglais, c'est *torpor*, *benumb*.

— Regardons la suite.

— La suite, c'est le serpent. Lorsqu'il apparaît, il faut bien se souvenir que Dieu a dit à Adam qu'il lui déconseillait formellement de toucher à l'arbre du bien et du mal, mais il lui a dit cela, la femme n'étant pas encore présente à ses *côtés* (si je puis dire !), donc elle n'est au courant de rien, et pourtant elle va faire allusion à la redoutable mise en garde. C'est curieux. Comment a-t-elle été informée, alors qu'elle vient à peine d'être façonnée ? Il y a là quelque chose qui cloche.

— Passons. Que lui dit le serpent ?

— Il lui dit : "Alors, Dieu a dit : «Vous ne mangerez d'aucun arbre du jardin.»" C'est d'une ironie extraordinairement provocante. Il est évident que Dieu n'a jamais dit cela, et Eve répond en ce sens.

— Que réplique le serpent ?

— Comme Eve a dit que, selon Dieu, ils risquaient de mourir s'ils goûtaient au fruit défendu, il s'empresse de la rassurer : "Pas du tout ! Vous ne mourrez pas. Mais Dieu sait que le jour où vous en mangerez, vos yeux se dessilleront et vous serez comme des dieux, connaissant le bien et le mal."

— Comme des dieux ! dit Martine avec une sorte d'élan.

— Ce pluriel, ici, dans ce texte, même dans la bouche d'un diable monothéiste, est tout de même bizarre !

— Le plus beau est tout de même : "Vos yeux se dessilleront." C'est exactement ce qui est en train de m'arriver depuis que j'ai mordu dans la grenade. Mes yeux se dessillent. Je vois ces arbres là-bas, ces palmes qui se courbent dans le ciel, ces taches rouges, tout ce vert, cette herbe follement verte. Enfin l'horizon a disparu ! Je vois aussi un espoir qui se lève.

— Quel espoir, Martine ?

— Continuez la lecture, Peter.

— "La femme vit que l'arbre était bon à manger, qu'il était agréable aux yeux et qu'il était, cet arbre, désirable pour acquérir l'intelligence."

— C'est exactement ce que je voulais dire : "Agréable aux yeux." Cet arbre (elle en montrait un, plus haut que les autres, mieux dessiné), cet arbre est "agréable aux yeux". Et "désirable pour acquérir l'intelligence". Il faut peser tous les mots, la Bible est vraiment magnifique là : *désirable*, *intelligence*.

— Mais c'est justement ce qui est défendu !

— La suite ?

— "Elle prit de son fruit et mangea, elle en donna aussi à son mari qui était avec elle, et il mangea. Alors, se dessillèrent leurs yeux, à tous deux, et ils connurent qu'ils étaient nus. Et, cousant des feuilles de figuier, ils se firent des pagnes."

— Nous n'avons pas regardé s'il y avait des figuiers. Une figue fraîche ferait bien mon affaire comme dessert.

— De toute façon, nous n'avons pas besoin de pagnes !

Elle s'approcha de lui, le regarda.

— C'est vrai, Peter, nous ne sommes pas nus. Nous ne sommes pas vraiment Adam et Eve.

— Nous sommes tout de même l'homme et la femme primordiaux.

Il avait l'air gêné, embarrassé maintenant. Le jour déclinait. Le soleil commençait à envoyer des lueurs de braise rouge entre les arbres, sous les feuilles. Bientôt la nuit descendit. Des oiseaux sifflaient de longues roulades dans les buissons, comme pour saluer ce crépuscule. Martine s'approcha encore davantage et prit Peter dans ses bras.

— Nous n'allons pas repartir dans la nuit, dit-elle, nous allons dormir ici. Le Paradis Terrestre est confortable.

Il la regardait avec une intense émotion. En même temps des larmes montaient à ses yeux. Il pensait à sa femme, à ses enfants.

— Nous pouvons même, dit-elle, dormir ensemble le plus chastement du monde. Puisque nous ne sommes pas nus et que nous le savons.

Et, de son sac, elle alla tirer une vieille couverture militaire dérobée dans les baraques.

— Vous voyez que j'ai tout prévu.

Ils s'y enveloppèrent et dormirent, chastement en effet, serrés l'un contre l'autre, jusqu'au matin.

Quand ils rentrèrent le lendemain, le camp était en émoi. On les croyait perdus, en fuite ou enlevés. Plusieurs hypothèses avaient été envisagées, mais toutes étaient pessimistes. Aussi les vit-on revenir avec un certain soulagement. Ils eurent droit à une sévère admonestation des gardiens, mais sans représailles : visiblement, on avait craint une sombre affaire à retentissements diplomatiques inévitables, et on se félicitait, de part et d'autre, de l'heureuse issue d'une équipée que les uns expliquaient par l'inconscience, les autres par l'évasion amoureuse. Martine et Peter se gardèrent bien de parler du Paradis Terrestre.

De toute façon, l'heure semblait à l'espérance et même à la liesse. Des nouvelles étaient arrivées, informant les otages que vraisemblablement le temps de leur libération n'était plus très éloigné, en raison de tractations internationales actives, et certains étaient allés jusqu'à planter un drapeau américain sur une des bâtisses du camp pour marquer le défi et la rébellion des dernières heures, bannière que les gardiens s'étaient empressés de faire disparaître, moins par hostilité réelle à leurs prisonniers que par crainte des ennuis qui pourraient leur advenir si des officiers irakiens arrivaient en tournée. Martine contemplait ces escalades et ces algarades sur les toits, lorsqu'on lui remit un paquet de lettres et de messages qui lui étaient destinés. Elle y trouva des nouvelles, et surtout d'anxieuses demandes de nouvelles, de France, mais aussi une longue dépêche de Grimberg qui annonçait des mesures imminentes pour sa libération, liées à ce qu'il appelait des "négociations au sommet" qui semblaient faire de sa personne l'enjeu d'une intense activité diplomatique. Elle considérait cela avec humour, se demandant vraimôt ce qui lui arrivait et ce qui se passait dans le monde en folie où elle avait été entraînée, mais des propos qu'elle entendait maintenant autour d'elle la convainquaient que l'on allait bien vers une issue. Si le président Bush, qui venait de conclure un accord militaire des plus "durs" avec le roi Fahd d'Arabie Saoudite, paraissait ne vouloir reculer sur rien, on disait que Saddam Hussein était prêt à accepter l'idée d'une "médiation arabe" qui donnerait une nouvelle et dernière chance à une solution pacifique. C'était dans cet esprit qu'il acceptait la libération des otages, du moins de certains d'entre eux.

On apprit en effet bientôt que tous les "boucliers humains" seraient éloignés des sites qu'ils étaient supposés protéger et qu'ils seraient libérés en décembre pour être chez eux à la fin de l'année. Mais, dès maintenant, plusieurs d'entre eux étaient

renvoyés dans leurs foyers, dans leurs pays de
destination ou dans leurs postes d'origine.

C'est ainsi qu'un beau matin, Martine quitta
Peter, ses compagnons de captivité et ses gardes
pour rejoindre son poste. Elle s'attendait à être
reçue non pas triomphalement, ce qui eût été excessif (et elle avait le sentiment de n'avoir accompli
aucun exploit, aucune performance, sinon celle de
vivre tant bien que mal – survivre aurait déjà été un
mot excessif – au fil de semaines assez noires et
arides, éclairées pourtant par une lumière de solidarité heureuse), mais avec des égards et un certain
sentiment de reconnaissance. Il n'en fut rien. Serge
Grimberg, qui était venu la chercher à Bagdad, lui
répéta surtout ce qu'il lui avait dit par télex, qu'ils se
repentaient tous très sincèrement de l'avoir envoyée
en Irak dans des circonstances historiques péril-
leuses, mais au lieu de montrer une réelle consternation de cela, il plaçait la chose sur le terrain des
relations entre Etats et insistait sur le fait qu'il y
avait désormais un contentieux grave entre l'Irak
et les pays voisins comme entre l'Irak et la France
et que cette situation appelait une réparation. C'était
à peine, malgré son empressement toujours aussi
affectueux, s'il lui demandait des nouvelles d'elle-
même et des épreuves qu'elle avait subies. Elle
était pourtant sûre d'avoir une mine piteuse et une
allure très défraîchie. Mais sans doute était-ce tout

d'un coup comme si ces semaines n'avaient pas existé.

Avec d'Andelot et les gens de l'ambassade, ce fut pis encore. Le premier conseiller, apparemment revenu en possession de tous ses esprits, la traita presque d'écervelée ayant mis en péril par son imprudence le prestige de la diplomatie française dans son ensemble. Il disait que le rapt d'une attachée était une chose inédite dans les annales des relations internationales et que les choses n'en resteraient pas là. Si Saddam voulait en découdre, on en découdrait. Non seulement il se permettait d'annexer le Koweit, mais encore il prenait le corps des fonctionnaires français en mission comme bouclier pour couvrir ses entreprises conquérantes et mégalomanes. Martine, en entendant le mot "corps" dans la bouche du conseiller, ne put réprimer un sourire. En tout cas, il ne demandait aucunes nouvelles de ce corps-là, s'il avait eu chaud, faim ou soif, s'il avait été meurtri ou humilié. Là n'était visiblement pas la question. La question était celle de la fièvre du petit monde diplomatique offensé.

Au moins l'ambassadeur lui-même, avec sa bonhomie bougonne de vieux gentilhomme, serait-il plus attentif. Hélas ! l'entretien que Martine eut avec lui réservait l'ultime surprise ! Certes il s'informa des conditions exactes de sa détention et de ses transferts, certes il la plaignit, certes il se montra préoccupé de sa santé, l'engageant à se soumettre à un examen médical complet sans tarder, et la félicita de son courage, certes il lui parla de compensations et d'indemnités : il ne lui fit pas moins savoir, se renfrognant tout à coup et ne parvenant pas à dissimuler un embarras confus, que, son dossier ayant été examiné de près par ses services et surtout dans les bureaux du ministère, elle allait être rappelée en France et remise à la disposition de l'Education nationale.

Martine n'eut même pas envie de demander si cette décision était sans appel. Elle regardait l'ambassadeur tapoter de la main, avec un énervement qui cachait mal un malaise, l'éternelle pile de dossiers qui s'entassaient sur son bureau. Où était le sien ? Que contenait-il ? Que disait-il ? Avait-on songé à y ajouter une annexe, un petit appendice évoquant les heures de Bagdad, de Bassora et de la Mésopotamie (elle pensait, dans sa tête, la "merveilleuse Mésopotamie", mais il valait mieux désormais censurer cette idée), quelque chose qui aurait bien mérité une mention, sinon un ruban ou une médaille, qui aurait bien appelé en tout cas une considération discrète et, aurait-on pu dire, compensatoire par rapport au reste du dossier ? Mais non, les choses avaient suivi leur cours. Elle était punie. Et, l'ambassadeur l'avait laissé entendre, elle savait pourquoi. Il ajouta tout de même un certain nombre de commentaires qui, dans son esprit, devaient aider Martine à absorber la pilule : elle serait beaucoup mieux en France, chez elle, après tout ce qu'elle avait vécu et enduré, elle avait besoin de se reposer, de récupérer, de reprendre des forces, et puis... elle n'était sans doute pas faite pour ce métier qui comportait tant de servitudes, alors qu'elle était éprise de liberté, elle était un peu trop ceci et trop cela, l'enseignement et la recherche étaient sûrement sa vraie vocation, elle devait en définitive se féliciter de ce rappel qui allait lui permettre de redevenir elle-même et de se soustraire en outre, ce qui était appréciable, aux tourmentes, aux ouragans qui devaient secouer, ravager cette partie du monde, etc.

Martine sortit de son bureau perplexe. Elle rentra dans sa villa et considéra ses livres. Il semblait une fois de plus qu'on les avait déplacés, bousculés, manipulés. Certes bien des choses pouvaient expliquer ce désordre, le logement avait pu être prêté, ou au contraire entretenu, nettoyé avec trop de zèle, trop de rage. Après tout, c'était une maison de service, de fonction. Mais un fumet de malveillance, d'acharnement flottait à travers les pièces. Elle ouvrit toutes grandes les fenêtres, se laissa tomber dans un fauteuil, médita. Tout ce qui lui était arrivé au cours des derniers mois lui paraissait étrangement irréel. Il aurait fallu qu'elle parlât de cela au professeur Cas qui aurait eu certainement un diagnostic lucide sur l'état quasi fictionnel (était-ce une forme de pathologie ?) dans lequel elle avait le sentiment de se trouver depuis qu'elle s'était envolée pour les terres babyloniennes et, plus encore, depuis qu'elle en était revenue. Le temps avait été *différent* et les hommes et les femmes qu'elle revoyait étaient inchangés, (les femmes surtout, Diane d'Andelot et Lana plus copies conformes d'elles-mêmes que jamais). Inaltérés. Alors qu'elle se sentait si altérée, avide de retrouver la source du bassin d'eau vive découvert dans l'Entre-Fleuves.

Elle sentit que le moment était venu de ranger les livres dans leurs cartons et de refaire ses bagages. Trouverait-elle les autres, là-bas, aussi immobiles que ceux d'ici ? N'y avait-il donc qu'elle qui avait appris à être *ailleurs* ? Leçon sévère, dont tout son corps était moulu, son cœur étourdi et un peu amer. Mais comme neufs, l'un et l'autre. Elle alla se doucher, feuilleta un ou deux des précieux romans qu'elle plaçait dans leurs étuis et prépara une fois de plus ses valises.

En rentrant à Aix, Martine réintégra le personnage d'étudiante qu'elle n'avait jamais cessé d'être. Ses parents, qui avaient vécu dans les affres les semaines de son éloignement (elle refusait avec quelque humeur le mot de captivité, sans doute parce qu'il sonnait un peu trop punitif, et qu'elle savait bien où était en fait la vraie sanction) semblaient ne pas revenir de surprise de la voir là, devant eux, jeune fille éternelle, bien portante, équilibrée, "normale", répondant même avec une certaine verve à des journalistes locaux qui voulaient voir de près un otage en chair et en os, s'offrir le scoop d'interroger en direct un "bouclier humain", espèce rare qui ne se rencontrait pas tous les jours et que leur région avait la chance d'accueillir. Quant aux amis, ils avaient tendance à ironiser sur ce statut de vedette qui lui était fait et leur paraissait un peu trop révélateur de l'exhibitionnisme médiatique contemporain. Elle pensa qu'ils avaient raison et, pour échapper à ce tumulte, partit faire du ski en montagne où elle se réfugia jusqu'aux fêtes de Noël.

Quand elle revint, ce fut pour apprendre qu'elle était affectée comme professeur de collège à un établissement d'une bourgade de haute Provence et qu'elle aurait à prendre en janvier son service qui consisterait à enseigner le français à des élèves de sixième et de cinquième. Elle tomba d'assez haut, car elle avait eu la vague idée qu'on lui confierait peut-être une classe de formation supérieure, pour compenser ses épreuves et ses revers de carrière, ou même un détachement dans une université. Mais non, elle ne retrouvait même pas les classes qu'elle avait eues avant son départ à l'étranger. Le rouleau compresseur de la normalisation (cesserait-elle jamais d'avoir des problèmes avec le normal et l'anormal ?) passait sur elle jusqu'au bout et sans rémission. On la mettait vraiment au pas, dans le rang. Devait-elle s'incliner ? Ou envoyer balader tout cela pour devenir autre chose ? Quoi ? Une vedette médiatique justement, puisqu'on lui tendait la perche ? Une femme politique, puisqu'elle avait vécu des événements qualifiés par le premier conseiller d'Andelot d'"historiques" ? Une sociologue, puisqu'elle avait vu des pays et des mœurs ? Une écrivaine, puisqu'elle avait désormais tant de choses à raconter ? Une pornographe peut-être, puisque nombreux étaient ceux qui étaient convaincus que c'était là sa profonde et secrète vocation ? Il fallait voir. En attendant, vacances, neige, oubli.

Pierre Cas la persuada d'accepter ses classes de collège et de revenir à l'université où elle retrouverait le groupe du séminaire. Il s'était augmenté de quelques nouvelles recrues, mais le noyau fervent était toujours là, actif, présent, à l'œuvre. Un jour ensoleillé de janvier, ils se retrouvèrent tous à l'auberge du Tholonet, mais les platanes étaient cruellement nus et dépouillés.

— Ils sont, dit Martine, comme l'intérieur de ma tête. Je ne sais plus où je suis ni qui je suis. Je ne sais pas ce qui m'est arrivé.

— Tu le sauras très vite en te remettant au travail, dit Pierre Cas qui était venu les rejoindre. Rien de tel que la lecture systématique des bonnes œuvres pour se nettoyer tous les replis de l'esprit et du cœur. Reprends tes livres.

Martine déplia un quotidien et répondit :

— C'est difficile quand on lit tout cela. C'est particulièrement difficile pour moi, vous en conviendrez.

Le journal annonçait que l'ultimatum de l'ONU donnant une dernière chance à la paix étant expiré maintenant depuis une semaine jour pour jour, on assistait au développement au Koweit et sur le territoire de l'Irak d'une guerre éclair, efficace et propre, qui allait faire triompher le "droit" auquel aspirait cette partie du monde dans les meilleurs délais.

— Oui, dit Woody, ça va aller très vite. On peut faire confiance au général Schwartzkopf pour ne pas faire traîner les choses. Il a vraiment le profil qu'il faut, même si la télévision a tendance à le montrer de face plutôt que de profil pour rassurer ceux qui aiment l'énergie rondouillarde. D'après des informations que j'ai moi et que je dois à la presse américaine underground, on a déjà fait enfoncer les premières lignes de l'ennemi en enterrant vivants sous les chars et les bulldozers deux mille soldats irakiens. Vous voyez qu'on va vite et que Saddam Hussein ne va pas tarder à devoir faire amende honorable. Mais excuse-moi si je n'ai plus très envie de m'occuper de Mirabeau.

— Mirabeau, dit Pierre Cas, était contre la force des baïonnettes. Et il entendait mobiliser les hommes pour le droit des peuples.

— Evidemment pas pour le droit des pétroliers, dit Blanche.

— Je veux simplement dire, précisa le professeur, qu'il y a toujours quelque chose de positif à tirer de l'exemple des grands hommes. Quand ils sont intelligents et généreux et sensuels. C'était le cas de Mirabeau. Donc, courage, Woody, et persévérance !

Martine continuait à plonger les yeux dans son journal.

— Je lis, dit-elle, que le ciel rougeoie toutes les nuits à Bassora, les lueurs des explosions des bombes se mêlant aux flammes des incendies. Et j'ai vu cela hier soir comme un spectacle incroyable à la télévision. Il n'y a pratiquement pas d'abris pour la population. Une seule bombe a soufflé six maisons et une mosquée. Voilà pour les objectifs strictement militaires. J'étais là-bas, à Bassora, vous savez...

Il y eut un silence prolongé. Elle reprit :

— Enfin... dans les environs.

Elle posa le journal et son regard se perdit au loin, vers la campagne. Tout d'un coup la pensée de Hirca et de Nazim envahissait sa mémoire. Plus que la pensée, l'image. Elle les voyait distinctement, l'une hurlant dans les bras du soldat, l'autre les yeux clos sur son lit. Combien de Hirca et de Nazim maintenant... ?

— J'avoue, dit Philippe, que je songe à arrêter ce travail sur Zola.

— En signe de protestation ? demanda Pierre Cas. Ce serait la dernière des choses à faire. S'il y a des gens que Zola a eu à pourfendre, c'était bien les militaires.

— Vous récupérez tout, dirent Claire et Blanche d'une seule voix. Mais vous ne récupérerez ni Germain Nouveau ni Louise Colet.

— Oh si ! Le mendiant de la paix et de l'amour fraternel, vous vous rendez compte ! Quant à Louise, elle détestait la guerre comme toutes les femmes.

Blanche s'indigna :

— Toutes les femmes ne détestent pas la guerre. Elles la font même très bien, s'il s'agit d'une guerre juste. Voyez les Palestiniennes et les Sahraouies. Et même les Québécoises.

— Ah bon, les Québécoises font la guerre ?

— Elles la feraient bien contre M. Bush, je vous assure, s'il le fallait, avant qu'il ait entraîné la planète entière derrière Wall Street dans le désastre sous prétexte de défendre l'ordre mondial.

— C'est vrai, concéda Cas, que l'ordre mondial n'a jamais été à aussi belle enseigne !

— Quel gâchis ! dit Eduardo. Il n'y a que Cézanne, je crois, qui n'a rien à dire. Il est complètement démuni. Mais, tout de même, quand je regarde la Sainte-Victoire là-bas, la pierre, le roc, ces veines bleues, ces traces roses qu'il se donnait tant de mal à attraper sur sa toile, je me dis que c'est lui sans doute qui possédait les armes du refus les plus offensives. On ne peut pas imaginer un monde où coexistent les paysages plantés sur la terre et les bombes qui ont charge de les incendier. Cézanne dit non, voilà tout !

— Hélas, fit observer le professeur Cas qui entendait ramener la conversation à des proportions plus raisonnables, la Sainte-Victoire n'a pas eu besoin de bombes pour flamber l'année dernière. Et Cézanne n'y pouvait rien. Mais je constate qu'il n'y a que Martine qui n'a pas parlé de son travail. Je conçois qu'elle n'en ait pas tellement envie, après tout ce qui lui est advenu et qu'elle nous a raconté. Pourtant, on aimerait savoir. Son sujet l'a-t-elle protégée ? L'art, même érotique, protège-t-il dans l'adversité ?

Tous les regards se portèrent vers elle. Elle semblait rassembler ses pensées.

— Surtout érotique, dit-elle.

— Il t'a perdue pourtant.

— Disons qu'il a perdu ma carrière. Mais, pour ce qui est de mes réflexions sur le monde, je crois que je n'ai jamais été aussi sûre qu'il vaut mieux faire l'amour que la guerre. C'est un slogan un peu simpliste, j'en conviens, un peu benêt, un peu soixante-huitard, mais vérifié sur le terrain, si vous saviez comme il est juste et fort !

— On ne saurait mieux conclure, dit le professeur Cas.

Quand Martine entra dans sa classe de sixième, elle eut l'impression qu'on la regardait comme une bête curieuse. Il y avait pourtant autre chose que la curiosité dans les yeux de ces petits garçons et de ces petites filles. Une bienveillance aussi, un sourire d'accueil qui n'osait pas se former. Une attente et une inquiétude sûrement. Ils avaient dû entendre certaines choses sur ce professeur qui arrivait au milieu de l'année pour remplacer un maître malade. Martine avait déjà noté une attitude un peu gênée de la part du principal qui ne savait pas très bien s'il devait être honoré ou encombré de l'arrivée dans son établissement d'une "attachée", et de surcroît d'un otage. C'était beaucoup pour le petit collège habitué à une vie routinière. Les collègues avaient manifesté la même perplexité, ajoutant parfois à leur incertitude de vagues sourires qui, eux, ne se voulaient pas bienveillants, mais entendus. **Sans** doute, beaucoup de conciliabules s'étaient tenus sur la nouvelle venue.

Mais Martine, à son habitude, ne s'en inquiétait guère. Tout d'un coup, ces enfants devant elle, avec leur air à la fois turbulent et appliqué, donnaient une signification imprévue à tout ce qui lui avait paru si violent et si absurde ces derniers temps. Il y avait en particulier, au deuxième rang, un petit garçon brun dont elle n'arrivait pas à détacher son regard, tant lui-même fixait le sien sur elle. Quatre jours après la première entrevue, au moment où les élèves se dispersaient bruyamment dans la cour, il osa venir lui parler et lui dit, comme s'il s'était fait le porte-parole de ses camarades, que tout le monde dans la classe l'aimait bien. Etonnée et amusée, elle demanda pourquoi.

— Parce que vous êtes belle, dit l'enfant sans baisser les yeux.

— C'est vrai ? répliqua Martine dans un éclat de rire.

— Que vous êtes belle ? Oui.

Il avait l'air maintenant sérieux, presque grave. Dans les jours qui suivirent, il continua à venir lui parler à la fin des classes. Il s'attachait à ses pas, la suivait souvent. Il n'était pas le seul d'ailleurs à montrer cet attachement. Tout un groupe de filles et de garçons ne cessait d'entourer Martine. Mais lui, Renaud, était d'une ferveur à toute épreuve. De plus, il travaillait avec soin, intelligence et entrain, comme s'il voulait lui faire plaisir et se montrer digne de son attention.

Un jour, elle ne put s'empêcher de le garder auprès d'elle après la sortie pour le féliciter d'un devoir qu'il avait particulièrement réussi et, tandis qu'il croisait les bras sur son bureau pour mieux l'entendre, elle posa longuement sa main sur la sienne. Il la regardait émerveillé. Elle se demanda alors si elle ne rêvait pas, si elle n'était pas prisonnière d'hallucinations, mais voyant ses cheveux noirs bouclés sur son front, ses prunelles de café, son nez finement arqué, elle eut l'impression qu'il ressemblait extraordinairement à Nazim.

ÉPILOGUE

Un an après ces événements, Martine, grâce à la liberté relative que lui avait laissée sa nouvelle affectation, était en mesure de soutenir sa thèse de doctorat devant un jury de son université. Son travail avait évolué dans un sens rigoureux et elle était allée jusqu'à l'intituler *Critique de l'érographie*, sacrifiant à une tradition universitaire de plus en plus marquée qui voulait que l'on donnât un tour scientifique aux sujets littéraires. De plus, *critique* était un terme qui lui plaisait. Il soulignait la vigilance et la lucidité de l'esprit qu'elle voulait à l'œuvre dans ses recherches, mais indiquait en même temps qu'elle n'entendait pas se montrer nécessairement solidaire des thèmes qu'elle traitait. La veille de la soutenance, elle se promenait dans la campagne aixoise, sur les rives de l'Arc. Elle avait choisi ces lieux pour leur calme, désireuse de se concentrer et de mettre un peu d'ordre dans ses pensées. Elle venait de franchir le petit pont jeté au bas de pentes rocheuses qui descendent des collines avoisinantes et regardait avec étonnement ces tracés, récemment aménagés, qui longeaient avec régularité la rivière.

En se penchant, elle avait vu son reflet dans l'eau claire – transparente, mais si basse qu'on aurait cherché en vain l'éclair d'un poisson entre les longs filaments d'herbe que le courant couchait, il y avait seulement de prodigieuses libellules bleues, en cette saison printanière, qui s'immobilisaient à tout instant à la surface dans un court vrombissement de leurs ailes – et, surprise de sa propre apparence, comme si son jean et son pull jacquard flottant qui lui gardaient un air d'étudiante la renvoyaient tout d'un coup, à travers l'image que froissait l'eau, à sa mémoire bousculée, elle avait eu une fois de plus la tentation de faire le point sur son identité. Mais à quoi bon ? Ne valait-il pas mieux se laisser porter par la tranquillité ombreuse de ce site ? Ne plus s'interroger sur rien. Oublier le passé et attendre cette journée du lendemain où serait au moins recueilli le fruit d'un travail qui avait abouti après tant d'embûches. Une reconnaissance universitaire, ce n'était certes pas une apothéose, mais cela signifierait qu'elle n'avait pas tout à fait perdu son temps, à travers tous les remous de carrière où s'était fait le partage entre ce pour quoi elle était faite et ce pour quoi elle ne l'était pas. Comme ce partage des eaux, sous ses yeux. De la petite butte où elle s'était juchée maintenant, elle apercevait un point de la rivière où l'eau, rebondissant en cascade vive sur une ligne de cailloux, se séparait ensuite en deux bras dont l'un partait vers un sous-bois, l'autre vers un carré d'herbe planté de saules pleureurs. Séparation de l'eau claire, à l'image de la séparation des choses de la vie. Tout cela dans l'ordre très serein de la nature. Mais Martine savait-elle encore ce qu'on pouvait appeler *nature*, après tant d'analyses et de réflexions sur la pensée libre du siècle philosophique ?

Elle se dit qu'elle ferait mieux de couper court à ses méditations et de garder intacte pour le lendemain sa capacité d'argumenter, mais ne put s'empêcher de penser tout d'un coup aux baigneuses de Cézanne dont lui avait si souvent parlé Eduardo et que plusieurs toiles célèbres du peintre avaient rassemblées dans les lieux qu'elle était en train de parcourir. Curieuse puissance de l'imaginaire. Ces baigneuses étaient indiscutablement nues et leurs corps, curieusement allongés et fuselés par le pinceau de Cézanne, restaient pulpeux et très charnels, mais on ne pouvait s'empêcher de se demander si elles avaient jamais existé. Là, dans la campagne de cette ville d'Aix, bourgeoise, bien pensante et pudibonde à cette époque-là, pouvait-on concevoir que des filles du voisinage aient pu se baigner librement, sous les arbres, et faire paisiblement sécher leur peau claire au soleil dans des postures de "déjeuners sur l'herbe" ? Certes, la peinture impressionniste s'accommodait aussi bien de la réalité que des formes pures, mais avec Cézanne il y avait un curieux pas de franchi, des formes à la toute-puissance abstraite de la création. Curieux. Ces baigneuses, elle les voyait tout d'un coup, comme si elles avaient été là, au bord de l'eau, sous ses pas. Elle se demanda si décidément, depuis qu'elle était plongée dans ses lectures et dans ses recherches, son imagination érotique n'était pas devenue envahissante au point de toujours la ramener aux mêmes figures et se dit qu'au moins pour le moment présent, elle serait bien inspirée de faire le vide dans son esprit et de se rendre totalement disponible à la paix naturelle qui l'environnait.

Elle revint vers la rive la plus verte et passant sous les branches d'ormes effilés, de chênes aux troncs couverts de jeune lierre, elle sentait descendre sur elle cette espèce de fraîcheur dorée que fait tomber le printemps à travers les premières feuilles. De gros blocs de pierre, assez régulièrement taillés, bordaient la route de terre, parallèle au ruisseau. On aurait dit qu'ils étaient faits pour le repos du promeneur. Elle s'assit sur l'un d'entre eux et laissa errer ses yeux sur de noueuses racines qui, du pied d'un arbre, serpentaient jusqu'à l'eau, fendant, bosselant la terre. Elle eut le sentiment qu'elle était bien, que rien ne pouvait plus la troubler, que les moindres parcelles du paysage qui entraient dans le champ de son regard étaient comme des points d'ancrage où ce qu'il y avait de plus fragile, de plus vulnérable en elle s'assurait. En même temps, cet air doux qui flottait sur sa nuque s'insinuait à travers son pull jusque sur ses épaules et ses bras, ce "poids du ciel", qu'elle ressentait à la lettre, lui apportait comme une force inconnue. Force dont elle aurait bien besoin. Comment les choses allaient-elles se dérouler ? Le professeur Cas, jugeant son travail d'une réelle qualité, avait tenu à donner une certaine publicité à l'événement de la soutenance et il était probable que tous ses amis seraient là, notamment ceux du séminaire. Serait-elle à l'aise devant eux ? Et avait-elle eu une idée heureuse en suggérant que Mainguy soit membre du jury, ce qu'il avait accepté avec enthousiasme ? Idée heureuse ou suicidaire ? On verrait bien.

Les rives de l'Arc étaient presque désertes en ce début d'après-midi, mais il y avait de temps en temps un jogger qui faisait passer sur le talus brun de la route supérieure la tache d'un survêtement coloré. Puis il disparaissait aussi vite qu'apparu derrière le feuillage. En contrebas, à quelques mètres de l'eau, un enfant et un vieux monsieur qui l'accompagnait s'avançaient vers le bord de l'eau. Ils se mirent à lancer du pain à des canards qui affluaient vers la rive, les uns portés par une nage silencieuse et lisse, les autres à grands battements d'ailes. Les cous et les becs plongeaient à vive allure. Voyant l'agitation joyeuse du garçon, Martine pensa à Renaud qu'elle avait suivi en classe de cinquième et qui n'avait cessé d'être, au cours de ces deux années scolaires, son élève le plus dévotieux. Elle eut envie de sourire en songeant qu'il avait entendu sans doute parler lui aussi de cette étrange manifestation publique qu'on appelait "soutenance" et qu'il serait capable d'y être présent ! Pourvu qu'il ne lui fasse pas ce mauvais coup ! Ni aucun autre de ses élèves. Il ne fallait pas mélanger les choses.

Tout d'un coup, évoquant ce petit Renaud et le jour où il s'était présenté pour la première fois à elle, Martine se mit à retrouver dans sa mémoire le temps proche et déjà lointain de son retour en France. Elle s'était parfaitement "rangée", comme disent certains, assagie, dans son poste d'enseignante de collège, ou plutôt on l'avait assagie, toutes les forces institutionnelles qui s'étaient coalisées pour sa sécurité et son bien étant venues à bout de ses dérives. Elle s'en était en un sens félicitée. Provisoirement, à vrai dire. Car les développements de la guerre du Golfe avaient vérifié à tel point les craintes et les angoisses vécues par elle sur le terrain qu'elle était redevenue, dans cette période, la révoltée de son temps d'adolescence. A ce moment-là elle luttait pour la liberté des femmes. Elle s'était mobilisée cette fois pour la paix. Tout ce qu'elle avait vécu et dont elle avait pu témoigner, cette drôle d'étiquette d'"otage" dont le hasard l'avait affublée, tout cela lui avait permis de crier haut et fort qu'il se passait quelque chose de monstrueusement absurde dans la partie du monde d'où elle venait. Elle ne s'en était pas privée, agissant dans divers comités, participant à de multiples défilés et rassemblements, galvanisant les énergies un peu molles de ses collègues, prenant la parole à l'université comme dans les cours d'école, et, selon une pente fatale de son destin, se faisant "remarquer" une fois de plus, comme disaient tous ceux qui auraient voulu la voir plus discrète ou plus absente. Mais cela avait été ainsi. Et cela n'avait pas toujours été facile. Même avec ses camarades les plus proches. Philippe, par exemple, se retranchant derrière Zola pour évoquer cette fois son sens du *droit* imprescriptible, disait que le pacifisme avait ses limites et qu'en l'occurrence il importait d'abord de rétablir le droit d'une nation libre à son existence et à son indépendance, quel que soit le prix à payer, que c'était une affaire de pur et rigoureux principe. Martine avait beau dire que ce principe coûtait cher en vies humaines et que la pureté en était altérée par le caractère assez particulier de la nation concernée et des intérêts qu'on y défendait, le dialogue restait sourd. Le pire était que les mieux intentionnés lui reprochaient, en défendant la paix, d'accepter pour demain des guerres autrement ravageuses dans une région du monde explosive. Elle qui connaissait cette "région", ses humiliations, ses peurs, la démesure de son fanatisme mais aussi de ses angoisses, les arrogances qui y régnaient, les violences qui l'asservissaient, restait perplexe. Troublée parfois, au point de devenir muette au plus secret d'elle-même. Elle reprenait alors ses livres, ses travaux. Retrouvait, dans la jubilation qu'ils lui apportaient, un peu d'équilibre et de joie provocante.

Son regard revint vers les canards qui maintenant s'éloignaient. Le petit garçon et le vieux monsieur s'éloignaient aussi, se tenant par la main. D'autres enfants s'en approchaient. Puis ils partaient en courant vers des agrès de bois luisant qu'on avait placés en quelques points du chemin comme pour un parcours gymnique. Un vent léger soulevait les feuilles. Martine regarda sa montre et se dit qu'il était temps qu'elle parte elle aussi. Ses pensées étaient un peu brouillées, mais un air vif et frais emplissait sa poitrine. En arrivant à sa voiture qu'elle avait garée sur un petit parking entouré d'arbres à l'orée du chemin de la rive, elle se sentait à la fois légère et nébuleuse. Elle s'installa au volant, ouvrit la radio pour entendre un peu de musique qui la réveillerait. Mais ce qui vint à ses oreilles était bien différent. Un bulletin d'information, où l'on annonçait que des affrontements particulièrement violents venaient d'avoir lieu dans les enclaves serbes de Croatie, anéantissant des milliers d'hommes, de femmes et d'enfants, qu'une guérilla sanglante se déchaînait en Géorgie et une autre au Karabakh arménien, que l'Algérie était au bord d'une guerre civile dont on dénombrait déjà les victimes. Cette succession de nouvelles était sans doute le fait du hasard, mais il y avait quelque chose de confondant dans la voix neutre du journaliste qui parlait, égrenant les informations qu'on l'avait chargé de transmettre et alignant avec une calme objectivité les chiffres qui évaluaient le nombre des tués et des blessés, là, dans cette campagne tranquille, à deux pas de cette rivière qui coulait entre les arbres. Martine, saisie d'une sorte de dégoût, eut envie de tourner le bouton pour entendre n'importe quoi d'autre, du jazz, du rock, du rap. Mais elle préféra couper la radio. Les conversations tenues au Tholonet l'année précédente, à son retour, lui revenaient à l'esprit. La situation du monde, Europe ou Orient, ne s'était pas améliorée. Elle démarra avec une sorte de rage.

Le lendemain, lorsqu'elle entra dans la salle de soutenance, le corps bien pris dans un élégant tailleur gris, elle vit tout de suite que ses amis étaient là. Il ne manquait que Blanche qui avait regagné le Québec. Les autres, qu'elle avait d'ailleurs rencontrés dans les allées du campus quelques minutes auparavant et qui avaient été prodigues à son endroit d'exhortations et de bourrades encourageantes, avec une pointe d'ironie à l'égard du rituel qui allait se dérouler, étaient tous présents, sans défaut, assis dans les premiers rangs, comme dans un match, des supporters bien décidés. Mais il y avait aussi beaucoup d'autres personnes inconnues d'elle, des étudiants, des professeurs, des curieux attirés par le sujet. Au fond de la salle, elle vit ses parents qui avaient tenu à venir, bien qu'elle eût tout fait pour les dissuader de le faire, convaincue qu'elle ne serait pas tout à fait à son aise devant eux : mais ils avaient voulu voir et écouter leur fille en ce jour qui devait enfin lui apporter une consécration, pensaient-ils, après les péripéties qu'elle avait vécues.

Il y avait enfin les membres du jury. Mainguy avait accueilli Martine à son entrée et l'avait embrassée ostensiblement, comme dans des retrouvailles, montrant qu'il se situait en partenaire par rapport à elle plutôt qu'en juge. Pierre Cas, tout préoccupé de la bonne organisation de la séance, l'avait conduite vers la petite table transversale où elle devait prendre place, l'orientant de telle sorte qu'elle fît face au jury sans tourner le dos au public, lui disant qu'il ne voulait surtout pas que cela ressemblât à un procès devant un tribunal, comme il arrivait souvent avec les soutenances de thèse, et lui adressant, à voix basse, d'ultimes recommandations : il avait eu de toute façon un entretien avec elle le matin même au cours duquel il l'avait suppliée de ne céder à aucun de ses démons et de ne tenir aucun propos intempestif dans une discussion qui pouvait être délicate sur un sujet lui-même délicat. Elle avait promis. Le troisième professeur, lui, était d'un genre un peu plus rébarbatif. Il avait un air perché, avec des lunettes en mauvais équilibre sur le nez et une barbiche pointue. Elle ne le connaissait pas, mais il lui serra tout de même la main avec une cordialité nerveuse, avant de prendre place auprès de ses collègues.

Tout pouvait commencer. C'est alors que la porte de la salle s'ouvrit et que Martine vit entrer avec une stupeur qu'elle eut du mal à dissimuler Grimberg, d'Andelot et Lana. Ils étaient en congé en France tous les trois et, ayant eu vent de cette soutenance, avaient décidé de venir à Aix y assister. Après tout, le propre de ces cérémonies de collation de grades était d'être publiques, ils n'enfreignaient aucune loi, aucune règle et trouvaient dans ce déplacement l'occasion de se faire pardonner un certain nombre de choses en témoignant leur estime à leur ancienne collaboratrice et amie. Ils se glissèrent dans les tout derniers rangs avec le plus de discrétion possible. Martine respira deux ou trois fois profondément pour reprendre un souffle que la surprise lui avait coupé.

La séance allait enfin débuter. C'est alors que la porte s'ouvrit une deuxième fois et qu'apparut Peter. Il se trouvait en France lui aussi et également, informé de la prestation de Martine dans son université, avait décidé de s'y rendre. Il se présentait très à l'aise, dans une tenue décontractée, presque sportive, et n'avait même pas hésité à se munir d'un appareil-photo qu'il portait en bandoulière. Cet appareil pouvait laisser présager le pire : Martine sentit ses sangs se retourner littéralement, à la pensée qu'il allait peut-être prendre des photos, dans des circonstances où cela ne serait pas du goût de tout le monde. D'ailleurs, on l'avait sûrement pris pour un journaliste, à sa manière d'arriver sans la moindre gêne, d'adresser un petit salut de la main à la candidate et de se faufiler au milieu de la salle en dérangeant deux ou trois personnes. Le professeur à la barbiche qui avait été désigné comme président du jury ne semblait guère apprécier. Il déclara sur le ton de l'impatience qu'il espérait qu'il n'y aurait plus de retardataires et demanda que l'on voulût s'assurer que la porte de la salle était maintenant bien fermée.

Hélas, elle s'ouvrit une troisième fois, et ce fut pour laisser passer un gamin accompagné de deux fillettes qui, sans la moindre hésitation, s'installèrent dans des places laissées libres au premier rang. Ils étaient rouges et essoufflés, car ils avaient eu du mal à trouver les lieux et avaient grimpé à la hâte les escaliers du grand hall de l'université. C'était le petit Renaud, "favori" de Martine, comme disait la classe, et deux autres de ses élèves. Ils s'étaient renseignés eux aussi. Le président faillit suffoquer d'irritation et demanda d'une voix hoquetante si le moment arriverait enfin où la soutenance commencerait enfin. Le professeur Cas était accablé de la tournure que prenait une séance pour laquelle il aurait préféré un peu plus de sérénité et de lustre. Martine se sentait perdre pied, effarée de voir se rassembler tous ces témoins qui sans doute lui voulaient du bien et le manifestaient par leur présence, mais dont elle se serait bien passée. Elle était à peu près sûre d'avoir à faire les frais de la mauvaise humeur du président.

En fait il se calma, avala deux ou trois fois sa salive et ouvrit les débats. Après une phrase protocolaire, il donna la parole à Martine, invitée à présenter brièvement ses travaux. Elle le fit d'abord avec une fébrilité due aux surprises successives de l'ouverture, puis avec une assurance de plus en plus marquée, enfin avec une aisance qui étonna tout le monde. Elle parlait haut et clair, sans regarder ses notes et cernait son sujet, qu'elle assumait totalement sans s'en dissimuler les pièges. Elle expliquait sa méthode et insistait sur l'étendue de ses lectures dans un domaine que certains disaient monotone, mais dont la diversité l'avait toujours émerveillée. Affirmation ponctuée d'un sourire décontracté.

Le président la remercia de son exposé, puis donna la parole à Pierre Cas. Celui-ci, après deux toussotements, déclara que la personne que l'on venait d'entendre avait été, de longue date, une de ses meilleures étudiantes, qu'il avait pour elle beaucoup d'estime et même d'affection, mais qu'elle s'était lancée dans une entreprise périlleuse. Il s'en reconnaissait en grande partie responsable, mais il n'avait pas ménagé les avertissements. Tout était parti, disait-il, d'une réflexion collective, menée dans le cadre d'un séminaire, sur des personnalités créatrices liées à la ville d'Aix-en-Provence (les membres de ce séminaire étaient d'ailleurs, pour la plupart, présents dans la salle, nota le professeur Cas en les saluant d'un clin d'œil) et Mlle Martin, entraînée par un non-conformisme qui était bien dans sa manière (et même sa nature, nouveau toussotement), avait choisi de s'intéresser aux plus "provocatrices" (le mot n'était pas trop fort) d'entre elles. D'où, peu à peu, une dérive (dont il se félicitait) vers l'écriture érotique dans son universalité, ce que la candidate désignait du nom d'*érographie*. Des hasards de carrière, assez pathétiques, sur lesquels il ne voulait pas s'étendre, avaient dans un premier temps élargi le champ d'expérience de celle-ci, dans un second temps, lui avaient apporté des conditions de travail favorables à ses recherches. Elle était allée un peu vite, à son gré. Mais enfin, maintenant, la thèse était là, il en prenait acte, brillante, originale, audacieuse, comme il allait le montrer en jouant son rôle de "rapporteur". Là-dessus, M. Cas entreprit d'examiner et de discuter les différents chapitres de l'ouvrage d'une manière plus détaillée, mais toujours dans le sens le plus élogieux.

Quand vint le tour de Charles Mainguy d'intervenir, il le fit lui aussi de façon très chaleureuse, mais en se donnant des airs de liberté un peu désinvoltes par rapport au sujet traité, comme s'il voulait montrer qu'il était un homme trop occupé pour pouvoir l'examiner à la loupe (il ne relevait d'ailleurs pas, avait-il dit d'emblée, de sa stricte compétence, et s'il avait tenu à être présent aujourd'hui dans ce jury, c'était plutôt par amitié pour la candidate, par sympathie pour sa démarche) et avait surtout pour souci de se prononcer sur deux ou trois axes de réflexion essentiels. Ce qu'il fit avec brio. Mais, curieusement, il crut nécessaire de souligner sans discrétion le caractère transgressif du sujet en question, allant jusqu'à lire à haute voix plusieurs extraits, parmi les plus scabreux, des textes sur lesquels avait œuvré la candidate. Il les commentait ensuite, comme on aurait fait de citations tout à fait banales. Bien entendu, cela suscita un certain malaise dans l'assistance et on perçut un vague frémissement de gêne, de sourires forcés. Martine pensa brièvement à ses parents, là-bas dans le fond, puis, tout aussitôt, à ses jeunes élèves, mais ne se démonta pas. Elle répondit, discuta, argumenta, sans fuir les mots ni les images. Elle s'efforça pourtant de ramener le débat dans des directions assez formelles et rigoureuses de théorie littéraire et, à un moment donné, se leva pour écrire au tableau noir quelques formules et équations qui montraient que même l'érographie n'échappait pas à une certaine axiomatique. Cela fit la meilleure impression et décontracta le public.

Mais tandis qu'elle maniait avec vigueur la craie, toujours bien prise dans son tailleur ajusté, le bras levé faisant sensiblement remonter la jupe au-dessus du creux du genou, puis se retournait vers la salle pour expliquer sa démonstration, Mainguy eut l'impression, vraiment hallucinatoire, de la voir nue devant lui, devant tout le monde, comme si tout d'un coup ses vêtements s'étaient volatilisés, envolés de son corps, ou avaient été frappés de quelque magique et insoutenable translucidité. Au point qu'inclinant la tête sur ses papiers, il mit sa main sur sa tempe comme quelqu'un qui protégerait ses yeux de l'éclat trop vif du soleil. Le plus étrange était que Roger d'Andelot, au même moment, de la place où il se trouvait, *voyait* littéralement Martine en slip et en chemisier léger en train de tournoyer dans la tenue qui avait fait scandale le soir du bal de l'ambassade. La vision s'imposait à son imagination d'une manière quasi irrépressible, alors qu'il s'efforçait, non sans un effort méritoire, de concentrer son attention sur les formules inscrites au tableau et sur l'ensemble d'une démonstration linguistique pour lui énigmatique. Quant à Peter, qui se retenait pour prendre une photo, il revoyait Martine dans le cadre édénique où il avait passé une chaste nuit avec elle, mais la nommant, la désignant intérieurement comme l'"Eve" de son jardin perdu, rencontrée en des jours difficiles, il passait, de manière inconsciente, de ce nom à l'idée de dépouillement vestimentaire qu'on a coutume d'y associer, pour glisser lui aussi dans le mirage.

Heureusement ces désordres oniriques furent dissipés par le président qui, prenant la parole comme troisième et dernier intervenant, se livra à un toilettage de la thèse qui consistait à débusquer un nombre non négligeable de virgules manquantes, de fautes d'orthographe insidieuses, d'erreurs de dactylographie sournoises, et de fâcheux flottements alphabétiques dans l'ordonnance de la bibliographie. Sur le fond, il ne se prononça pas, mais déclara, en guise d'éloge terminal, qu'il se félicitait de voir la "pornographie" haussée désormais au rang de matière universitaire, prenant acte de l'incontestable érudition de la candidate dans ce domaine. Cela jeta un froid glacial et l'on crut que la séance allait se terminer aussi mal qu'elle avait commencé. Il n'en fut rien. Après sa délibération, très brève, le jury, qui s'était éclipsé dans une pièce voisine, revint en piste pour déclarer Martine reçue avec tous les honneurs. Les applaudissements fusèrent, le soulagement se lut sur tous les visages et les congratulations allaient commencer, lorsque quelque chose de très inattendu et de très inhabituel se produisit.

Martine revint derrière sa table et demanda à reprendre un instant la parole. On crut qu'elle voulait adresser des remerciements ou lancer une invitation. Mais c'était une courte déclaration qu'elle avait l'intention de faire. Dès les premiers mots, Pierre Cas se rembrunit et fronça le sourcil, car il était clair que le comportement de Martine se situait hors des usages. Ses amis aussi se sentirent gagnés par l'inquiétude. Elle semblait avoir retrouvé tout d'un coup son goût des façons intempestives. Elle dit en effet ceci :

— Pardonnez-moi si je reviens un instant sur mes travaux, mais je voudrais indiquer que les ayant menés à terme après des épreuves difficiles que plusieurs d'entre vous connaissent bien ici et qui m'ont conduite à observer de près certaines réalités, quelques réflexions me sont venues à l'esprit, dont je voudrais vous faire part. Elles sont simples et concernent la pornographie…

Pierre Cas ne put s'empêcher de blêmir. Grimberg toucha d'Andelot du coude et lui dit à voix basse :

— Elle n'a pas changé ! Ça ne s'était pas trop mal passé, mais elle va tout flanquer par terre, vous allez voir !

Martine enchaînait :

— La pornographie n'est pas là où on la croit. Un grand écrivain polonais, Witold Gombrowicz, a écrit dans un livre célèbre qui porte ce mot pour titre : "Je ne crois pas à une philosophie non érotique. Je ne me fie pas à une pensée désexualisée." Il a dit par là où la pornographie n'était pas. Je vais vous dire, moi, où elle est, et plus particulièrement aujourd'hui…

Cette fois, Grimberg se pencha vers Lana et murmura :

— Elle est devenue folle !

Pierre Cas, accablé, regarda si le procès-verbal de soutenance était bien signé, dans la crainte de voir le résultat de la délibération remis en question. Mais Martine poursuivait :

— La pornographie, chers amis, est dans la monstruosité sanglante de certains événements de notre temps qui n'ont, hélas ! rien à envier aux carnages du passé, elle est dans cette guerre meurtrière de l'année dernière dont j'ai été le témoin involontaire dans le Golfe, elle est dans ces affrontements imbéciles et aveugles qui, toujours pour les meilleures ou les plus irréfutables raisons, ensanglantent maintenant des peuples qui sont presque à nos portes, elle est dans cet amoncellement de cadavres, de corps mutilés, hachés, broyés, de membres brûlés, de chairs calcinées dont vos écrans de télévision sont prodigues. L'obscénité est dans toute cette sinistre panoplie de la mort dont on nous rebat chaque jour les oreilles, ces kalachnikovs, ces fusils-mitrailleurs, ces bombes, ces mines, ce marché lucratif des canons, des missiles et des lance-roquettes, ces villes incendiées, ces puits de pétrole en feu, ces enfants massacrés ou affamés, ces balles qui fusent de tous les côtés…

On aurait dit qu'elle entendait les balles, qu'elle allait perdre le souffle ou l'équilibre, s'écrouler peut-être par terre, sans pouvoir interrompre, maîtriser cette harangue de tribune qui médusait toute l'assistance. Mais elle s'arrêta pile, essuya les larmes qui coulaient de ses yeux et éclata de rire. Peter prit une photo et applaudit. Le petit Renaud applaudit aussi. Et la salle entière suivit. Pierre Cas, qui avait du mal à émerger de sa consternation, se dépêcha de dire bien haut :

— Eh bien, si vous en êtes d'accord, nous allons maintenant nous rendre à la cafétéria de l'université pour boire un verre autour de la lauréate !

Et il se dirigea en diligence vers la porte, entraînant vivement le président avant qu'il ne réagisse. Les autres voulurent entourer Martine pour la féliciter et lui montrer un télégramme de Blanche qu'on venait d'apporter et qui disait : "OK. Bravo. Un point pour la cause des femmes." Ses parents la cherchaient des yeux. Mais elle échappa à tous. On ne put que la voir s'éloigner dans le long couloir sur lequel s'ouvrait la salle. La seule personne qui l'accompagnait était Renaud. Elle avait passé un bras sur ses épaules et lui, tirant sur ses mollets pour se grandir, la tenait très drôlement par la taille.

— Vous voyez bien, dit Grimberg, qu'elle est incurable ! Elle débauche maintenant les petits garçons !

BABEL

Extrait du catalogue

COÉDITION ACTES SUD – LEMÉAC

Ouvrage réalisé
par l'Atelier graphique Actes Sud.
Achevé d'imprimer
en mai 2006
par Bussière
à Saint-Amand-Montrond (Cher)
sur papier fabriqué à partir de bois provenant
de forêts gérées durablement (www.fsc.org)
pour le compte
d'ACTES SUD
Le Méjan
Place Nina-Berberova
13200 Arles.

Dépôt légal
1re édition : juin 2006
N° impr. 061716/1
(Imprimé en France)